相遇，只为住进你心里

在苦痛时忆起你
令我安详平和

梁遇春 著

天津出版传媒集团
天津人民出版社

第贰章

醉中梦话

第叁章

迟来的西风

第壹章

庄生梦蝶

『过去』是个美术化的东西，因为它同我们隔远看不见了，它另外有一种缥缈不实之美。

寄给一个失恋的人的信（一）

秋心：

在我这种懒散心情之下，居然呵开冻砚，拿起那已经有一星期没有动的笔，来写这封长信；无非是因为你是要半年才有封信。现在信来了，我若使（它）又迟延好久才复，或者一搁起来就忘记去了，将来恐怕真成个音信渺茫，生死莫知了。

来信你告诉我，你起先对她怎样钟情，想由同她互爱中得点人生的慰藉；她本来是何等的温柔，后来又如何变成铁石心人；同你现在衰颓的生活，悲观的态度。整整写了二十张十二行的信纸，我看了非常高兴。我知道你绝对不会想因为我自己没有爱人，所以看别人丢了爱人，就现出卑鄙的笑容来。若使你对我能够有这样的见解，你就不写这封悱恻动人的长信给我了。我真有可以高兴的理由。在这万分寂寞一个人坐在炉边的时候，几千里外来了一封八年前老朋友的信，痛快地暴露他心中最深一层的秘密，推心置腹般娓娓细谈他失败的情史，使我觉得世界上还有一个人这样爱我、信我，来向我找些同情同热泪，真好像一片洁白耀目的光线，射进我这精神上之牢狱。最叫我满意的是由你这信我知道现在的秋心还是八年前的秋心。八年的时光，流水行云般过去了。现在我们虽然还是少年，然而最好的青春已过去一大半了。所以我总是爱想到从前的事情。八年前我们一块儿游玩的情境，自然直率的谈话是常浮现在我梦境中间，尤其在讲堂上睁开眼睛所做的梦的中间。你现在写信来哭诉你的怨情，简直同八年前你含着一泡眼泪，咽着声音讲给我听你父亲怎样骂你的神气一样。但是我那时能够用手巾来擦干你的眼泪，现在呢？我只好仗我这支秃笔来替那（手巾）陪你呜咽，抚你肩膀，低声地安慰。秋心，我们虽然八年没有见一面，半年一通信，你小孩时候雪白的脸，桃红的颊，同你眉目间那一股英武的气概却长存在我记忆里头。我们天天在校园踏着桃花瓣地散步，树荫底下石阶上面坐着唧唧哝哝地谈天，回想起来真是亚当没有吃果前乐园的生活。当我读关于美少年的文学，我就记起我八年前的游伴。无论是述 Narcissus[1] 的故事，Shakespeare[2] 百余首的十四行诗，Gray[3] 给 Bonstetten[4] 的信，Keats[5] 的 Endymion[6]，Wilde[7] 的 Dorian Gray[8] 都引起我无限的愁思而怀念着久不写信给我的秋心。十年前的我也不像现在这么无精打采的形象，那时我性情也温和得

[1] 今译那喀索斯，希腊神话中的美少年，因为爱上了自己在水中的倒影，被神惩罚致死。

[2] 莎士比亚（1564—1616），英国著名大戏剧家。

[3] 格雷（1716—1771），英国著名诗人。

[4] 邦施泰滕（1745—1832），瑞士作家。

[5] 济慈（1795—1821），英国著名浪漫主义诗人。

[6] 恩底弥翁，希腊神话中的年轻牧人，因长相英俊为月亮女神所爱。根据这则神话，济慈于 1817 年写了一首以这个牧人名字为题目的长诗。

[7] 王尔德（1854—1900），英国著名作家。

[8] 道林·格雷，王尔德的小说《道林·格雷的画像》中主人公的名字。

多，面上也充满有青春的光彩，你还记着我们那一回修学旅行吧？因为我是生长在城市，不会爬山，你是无时不在我旁边，拉着我的手走上那崎岖光滑的山路。你一面走一面又讲好多故事，来打散我恐惧的心情。我那一回出疹子，你瞒着你的家人，到我家里，瞧个机会不给我家人看见跑到我床边来。你喘气也喘不过来似的讲："好容易同你谈几句话！我来了五趟，不是给你祖母拦住，就是被你父亲拉着，说一大阵什么染后会变麻子……"这件事我想一定是深印在你心中。忆起你那时的殷勤情谊更觉得现在我天天碰着的人的冷酷，也更使我留恋那已经不可再得的春风里的生活。提起往事，徒然加你的惆怅，还是谈别的吧。

来信中很含着"既有今日，何必当初"的意思。这差不多是失恋人的口号，也是失恋人心中最苦痛的观念。我很反对这种论调，我反对，并不是因为我想打破你的烦恼同愁怨。一个人的情调应当任它自然地发展，旁人更不当来用话去压制它的生长，使他堕到一种莫名其妙的烦闷网子里去。真真同情于朋友忧愁的人，绝不会残忍地去扑灭他朋友怀在心中的幽情。他一定是用他的情感的共鸣使他朋友得点真同情的好处，我总觉"既有今日，何必当初"这句话对"过去"未免太藐视了。我是个恋着"过去"的骸骨同化石的人。我深切感到"过去"在人生的意义，尽管你讲什么"从前种种譬如昨日死，以后种种譬如今日生"同 Let bygones be bygones[1]，"从前"是不会死的。就算形质上看不见，它的精神却还是一样地存在。"过去"也不至于烟消火灭般

[1] 可译为既往不咎。

过去的，它总留了深刻的足迹。理想主义者看宇宙一切过程都是向一个目的走去的，换句话就是世界上事物都是发展一个基本的意义的。他们把“过去”包在“现在”中间一齐往“将来”的路上走，所以Emerson[1]讲：“只要我们能够得到‘现在’，把‘过去’拿去给狗子罢了。”这可算是诗人的幻觉。这么漂亮的肥皂泡子不是人人都会吹的。我们老爱一部一部地观察人生，好像舍不得这样猪八戒吃人参果般用一个大抽象概念解释过去。所以我相信要深深地领略人生的味的人们，非把“过去”当做有它独立的价值不可，千万不要只看做“现在”的工具。由我们生来不带乐观性的人看来，“将来”总未免太渺茫了，“现在”不过一刹那，好像一个没有存在的东西似的，所以只“过去”是这不断时间之流中站得住的岩石。我们只好紧紧抱着它，才免得受漂流无依的苦痛。“过去”是个美术化的东西，因为它同我们隔远看不见了，它另外有一种缥缈不实之美。好像一块风景近看瞧不出好来，到远处一望，就成个美不胜收的好景了。为的是已经物质上不存在，只在我们心境中憧憬着，所以“过去”又带了神秘的色彩。对于我们含有Melancholy[2]性质的人们，“过去”更是个无价之宝。Hawthorne[3]在他《古屋之苔》书中说：“我对我往事的记忆，一个也不能丢了。就是错误同烦恼，我也爱把它们记着。一切的回忆同样地都是我精神的食料。现在把它们都忘丢，就

[1] 默生（1803—1882），著名哲学家、散文家、诗人。美国超验主义运动的代表人物之一。

[2] 可译为忧郁症。

[3] 霍桑（1804—1864），美国著名作家，代表作《红字》。他是欧美象征小说传统的开创者。

是同我没有活在世间过一样。”不过“过去”是很容易被人忽略去的。而一般失恋人的苦恼都是由忘记“过去”，太重“现在”的结果。实在讲起来，失恋人所失丢的只是一小部分现在的爱情。他们从前已经过去的爱情是存在“时间”的宝库中，绝对不会丢失的。在这短促的人生，我们最大的需求同目的是爱，过去的爱同现在的爱是一样重要的。因为现在的爱丢了就把从前之爱看得一个大也不值，这就有点近视眼了。只要从前你们曾经真挚地互爱过，这个记忆已很值得好好保存起来，作这千灾百难人生的慰藉。所以我意思是，“今日”是“今日”，“当初”依然是“当初”，不要因为有了今日这结果，把“当初”一切都看做镜花水月白费了心思的。爱人的目的是爱情，为了目前的小波浪，忽然舍得将几年来两人辛辛苦苦织好的爱情之网用剪子铰得粉碎，这未免是不知道怎样去多领略点人生之味的人们的态度了。秋心，我劝你将这网子仔细保护着，当你感到寂寞或孤恓的时候，把这网子慢慢张开在你心眼的前面，深深地去享受它的美丽，好像吃过青果后回甘一般，那也不枉你们从前的一场要好了。

照你信的口气，好像你是天下最不幸的人。秋心，你只知道情人的失恋是可悲哀，你还不晓得夫妇中间失恋的痛苦。你现在失恋的情况总还带三分romantic[1]的色彩，她虽然是不爱你了，但是能够这样忽然由情人一变变做陌路之人，倒是件痛快的事——其痛快不下给一个运刀如飞、杀人不眨眼的刽子手杀下头一样。最苦的是那一种结婚后二人爱情渐渐不知不觉间淡下去，心中总是

[1] 可译为浪漫。

感到从前的梦的有点不能实现，而一方面对“爱情”也有些麻木不仁起来。这种肺病的失恋是等于受凌迟刑。挨这种苦的人，精神天天委靡下去，生活力也一层一层沉到零的地位。这种精神的死亡才是天地间唯一的惨剧。也就因为这种惨剧旁人看不出来，有时连自己都不大明白，所以比别的要惨苦得多。你现在虽然失恋但是你还有一肚子的怨望，还想用很多力写长信去告诉你的唯一老朋友，可见你精神仍是活泼泼跳动着。对于人生还觉得有趣味——不管詈骂运命，或是赞美人生——总不算个不幸的人。秋心你想我这话有点道理吗？[1]

秋心，你同我谈失恋，真是“流泪眼逢流泪眼”了。我也是个失恋的人，不过我是对我自己的失恋，不是对于在我外面的她的失恋。我这失恋既然是对于自己，所以不显明，旁人也不知道。因此也是最难过的苦痛。无声的呜咽比号啕总是更悲哀得多了。我想你现在总是白天魂不守舍地胡思乱想，晚上睁着眼睛看黑暗在那里怔怔发呆，这么下去一定会变成神经衰弱的病。我近来无聊得很，专爱想些不相干的事。我打算以后将我所想的报告给你，你无事时把我所想出的无聊思想拿来想一番，这样总比你现在毫无头绪的乱想，少费心力点吧。有空时也希望你想到哪里笔到哪里般常写信给我。两个伶仃孤苦的人何妨互相给点安慰呢！[2]

---

[1] 作者在将这篇文章收入《春醪集》时，此处删减了以下文字：“俗语曾有‘一猪，二婿，三子，四夫’一句话，可见在多数妇人中间，丈夫是在第四重要地位。你试想一日爱榜高涨你忽然看见地位落在三名以外，你会生何感想？”

[2] 此处，作者在将文章收入《春醪集》时，删减了以下文字：“还有好多的话，因为已经打了十二个呵欠，只好‘下科再来’吧。”

寄给一个失恋的人的信（二）

秋心：

在我心境万分沉闷的时候，接到你由艳阳的南方来的信，虽然只是潦草几行，所说的又是凄凉酸楚的话，然而我眉开眼笑起来了。我不是因为有个烦恼伴侣所以高兴，真真尝过愁绪的人，是不愿意他的朋友也挨这刺心的苦痛。哪个躺在床上呻吟的病人，会愿意他的家人来同病相怜（的人）呢？何况每人有各自的情绪，天下绝找不出同样烦闷的人们。可是你的信，使我回忆到我们的过去生活；从前那种天真活泼、充满生机的日子却从时光宝库里发出灿烂的阳光，我这彷徨怅惘的胸怀也反照得生气勃勃了。

你信里很有流水年华、春花秋谢的感想。这是人们普遍都感到的。我还记得去年读Arnold Bennett[1]的*The Old Wives' Tale*[2]最后几页的情形。那是在个静悄悄的冬夜，电灯早已暗了，烛光闪着照那已熄的火炉。书中是说一个老妇人在她丈夫死去那夜的悲哀。“最感动她心的是他曾经年轻过，渐渐地老了，现在是死了。他一生就是这么一回事。青春同壮年总是这么

[1] 本涅特，英国著名作家。

[2] 《老妇人的故事》，是本涅特较有代表性的小说之一。

结局。什么事情都是这么结局!”Bennett 到底是写实派第一流人物，简简单单几句话把老寡妇的心事写得使我们不能不相信。我当时看完了那末章，觉有个说不出的失望，痴痴地坐着默想，除了渺茫、惨淡、单调、无味……几个零碎感想外，又没有什么别的意思。以后有时把这些话来咀嚼一下，又生出赞美这青春同逝水一般流去了的想头。假使世上真有驻颜的术、不老的丹，Oscar Wilde 的 Dorian Gray 的梦真能实现，每人都有无穷的青春，那时我们的苦痛比现在恐怕会好得多些，另外有“青春的悲哀”了。本来青春的美就在它那种蜻蜓点水、燕子拍绿波的同我们一接近就跑去这一点。看着青春的易逝，才觉得青春的可贵，因此也更想能够在这一去不返的瞬间里得到无穷的快乐。所以在青春时节我们特别有生气，一颗心仿佛是清早的园花，张大了瓣吸收朝露。青春的美大部分就存在着这种努力享乐唯恐不及生命力的跳跃。若使每人前面全现一条不尽的花草缤纷的青春的路，大家都知道青春是常驻的，没有误了青春的可怕，谁天天也懒洋洋起来了。青春给我们一抓到，它的美就失丢了，同肥皂泡子相像，只好让它在空中飞翔，将青天红楼全缩映在圆球外面，可是我们的手一碰，立刻变为乌有了。

就说是对这呆板不变的青春，我们仍然能够有些赞赏，不断单调的享乐也会把人弄烦腻的，天下没整天吃糖口胃不觉难受的人了。而且把青春变成家常事故，它的浪漫缥缈的美丽也全不见了。本来人活着精神物质方面非动不可，所以在对将来抱着无限希望同捶心跌脚追悔往事，或者回忆从前黄金时代，这两个心境里，生命力是不停地奔驰，生活也觉得丰富，而使精神停住来享受现在，是不啻叫血管不流一般的自杀政策，将生命的花弄枯萎了。不同外河相通的小池终免不了变成秽水，不同别人生同情的心总是枯涸无聊。没有得到爱的少年对爱情是赞美的，做黄金好梦的恋人是充满了欣欢，失恋人同结婚不得意的人在极端失望里爆发出一线对爱情依依不舍的爱恋，和凤凰烧死后又振翼复活再度幼年的时光一样。只有结婚后觉得满意的人是最苦痛的，他们达到日日企望的地方，却只觉空虚渐渐地涨大，说不出所以然来，也想不来一个比他们现状再好的境界，对人生自然生淡了，一切的力气免不了麻痹下去。人生最怕的是得意，它使人精神废弛；一切灰心的事情无过于不散的筵席。你还记得前年暑假我们一块划船谈 Wordsworth[1] 诗的快乐吧？那时候你不是极赞美他那首 *Yarrow Unvisited*[2]，说我们应当不要走到尽头，高声地唱：

Twill soothe us in our sorrow
That earth has something yet to show,
The bonny holms of Yarrow！[3]

青春之所以可爱也就在它给少年以希望，赠老年以惆怅。（安慰人的能力同希望差不多，比心满意足登高山，洒几滴亚历山大的泪的空虚是好万万倍了。）好多人埋怨青春骗了我们，先允

[1] 华兹华斯，英国著名浪漫主义诗人。
[2] 《被遗忘的蓍草》，作者华兹华斯。
[3] 可译为："大地抚慰我们的哀伤，除了向人们展示美丽的冬青和蓍草，还展示了其他的一切。"

许我们一个乐园，后来毫不践言只送些眼泪同长叹。然而这正是青春的好处，它这样子供给我们活气，不至于陷于颓偿了的无为。希望的妙处全包含在它始终是希望这样事里面，若使每个希望都化做铁硬的事实，那样什么趣味一笔勾销了的世界还有谁愿意住吗？所以年轻人可以唱恋爱的歌，失恋人同死了爱人的人也做得出失望（希望的又一变相，骨子里差不多的东西）同悼亡的很好的诗，只有那在所谓甜蜜家庭、两人互相妥协着的人们心灵里是化做灰烬的。Keats[1]在情诗中歌颂死同日本人无缘无故地相约情死，全是看清楚此中奥妙后的表现。他们只怕青春的长留着，所以用死来划断这青春黄金的线。这般情感锐敏的人若生在青春常驻的世界，他们的受难真不是言语所能说。这些话不是我有意要慰解你才说的，这的确是我自己这么相信的。春花秋谢，谁看着也免不了嗟叹。然而假设花老是这么娇红欲滴地开着，春天永久不离大地，这种雕刻似的死板板的美景更会令人悲伤。因为变更是宇宙的原则，也可算做赏美中的一般重要成分。并且春天既然是老滞在人间，我们也跟着丢失了每年一度欢迎春来热烈的快乐。由神经灵敏人看来，残春也别有它的好处，甚至比艳春更美，为的是里面带种衰颓的色调，互相同春景对照着，十分地显出那将死春光的欣欣生意。夕阳所以“无限好”，全靠着“近黄昏”。让瞥眼过去的青春长留个不灭的影子在心中，好像Pompeii[2]废墟，劫后余烬，有

[1] 济慈，英国浪漫主义诗人。

[2] 庞贝，古罗马的港口城市，靠近今意大利的那不勒斯，于公元79年毁于维苏维火山的喷发。

人却觉得比完整建筑还好。若使青春的丢失，真是件惨事，倚着拐杖的老头也不会那么笑嘻嘻地说他们的往事了。

人死观

恍惚前二三年有许多学者热烈地讨论过人生观这个问题[1]，后来忽然又都搁笔不说，大概是因为问题已经解决了吧！到底他们的判决词是怎么样，我当时也有些概念，可惜近来心中总是给一个莫名其妙、不可思议的烦闷罩着，把学者们拼命争得的真理也忘记了。这么一来，我对于学者们只可面红耳热地认做不足教的蠢货；可是对于我自己也要找些安慰的话，使这彷徨无依、黑云包着的空虚的心不至于再加些追悔的负担。人生观中间的一个重要问题不是人生的目的吗？可是我们生下来并不是自己情愿的，或者还是万不得已的，所以小孩一落地免不了娇啼几下。既然不是出自我们自己意志要生下来的，我们又怎么能够知道人生的目的呢？湘鄂的土豪劣绅给人拿去游街，他自己是毫无目的，并且他也未必想去明白游街的意义。小河是不得不流、自然而然地流着，它自身却什么意义都没有，虽然它也曾带瓣落花到汪洋无边的海里，也曾带爱人的眼泪到他的爱人的眼前。勃浪

[1] 1923年，中国的思想界展开了一场被后人命名为“科玄之战”的争论。由北京大学教授张君劢的一篇名为《人生观》的文章引起。梁启超、胡适、吴稚晖、张东荪、林宰平、唐钺、孙伏园等人都参与了这场论争。

宁[1]把我们比做大匠轮上滚成的花瓶。我客厅里有一个假康熙彩的大花瓶，我对它发呆地问它的意义几百回，它总是呆呆地站着，说不出一句话来。但是我却知道花瓶的目的同用处。人生的意义，或者只有上帝才晓得吧！还有些半疯不疯的哲学家高唱“人生本无意义，让我们自己做些意义”。梦是随人爱怎么做就怎么做的，不过我想梦最终脱不了是一个梦吧，黄粱不会老煮不熟的！

生不是由我们自己发动的，死却常常是我们自己去找的。自然在世界上多数人是“寿终正寝”的，可是自杀的也不少，或者是因为生活的压迫，也有是怕现在的快乐不能够继续下去而想借死来消灭将来的不幸，像一对夫妇感情极好却双双服毒同尽的（在嫖客、娼妓中间更多），这些人都是以口问心，以心问口商量好去找死的。所以死对他们是有意义的，而且他们是看出些死的意义的人。我们既然在人生观这个迷园里走了许久，何妨到人死观来瞧一瞧呢。可惜“君子见其生不忍见其死”，所以学者既不摇旗呐喊在前，高唱各种人死观的论调，青年们也无从追随奔走在后。“天下兴亡，匹夫有责”，因此我做这部人死观，无非出自抛砖引玉的野心，希望能够动学者的心，对人死观也在切实研究之后，下个“放之四海而皆准”的判断。

若使“生”同“死”是我们的父母——不，我们不这样说，我们要征服自然——若使“生”同“死”是我们的子女，那么“死”一定会努着嘴抱怨我们偏心，只知道“生”不管

[1] 也译作布朗宁（Robert Browning，1812—1889），英国著名诗人。

“死”，一心一意都花在“生”上面。真的，不止我们平常时都是想着“生”。Hazlitt[1]死的时候说：“好吧！我有过快乐的一生。”（“Well. I’ve had a happy life.”）他并没想死是怎么一回事。Charlotte Bronte[2]临终时候还对她的丈夫说：“呵，我现在是不会死的，我会不会吗？上帝不至于分开我们，我们是这么快乐。”（“Oh！ I am not going to die，am I？ He will not seperate us，we have been so happy.”）这真是不到黄河心不死。为什么我们这么留恋着生，不肯把死的神秘想一下呢？并且有时就是正在冥想死的伟大，何曾是确实把死的实质拿来咀嚼，无非还是向生方面着想，看一下死对于生的权威。做官做不大，发财发不多，打战打败仗，于是乎叹一口气说：“千古英雄同一死！”“自古皆有死，莫不饮恨而吞声，任他生前何等威风赫赫，死后也是一样的寂寞。”这些话并不是真的对于死有什么了解，实在是怀着嫉妒，心惦着生，说风凉话，解一解怨气。在这里生对死，是借他人之纸笔，发自己之牢骚。死是在那里给人利用做抓爆栗子的猫脚爪，生却嬉皮涎脸地站在旁边受用。让我翻一段Sir W.Raleigh[3]在《世界史》（*The History of the World*）里的话来代表普通人对于死的观念吧。

“只有死才能够使人了解自己，指示给骄傲人看他也不过是

[1] 哈兹里特（1778—1830），英国著名散文家、评论家。

[2] 夏洛蒂·勃朗特，英国著名女小说家。

[3] 若利爵士（1552—1618），英国著名探险家、作家、历史学家，著有《世界史》一书。

个普通人，使他厌恶过去的快乐；他证明富人是个穷光蛋，除壅塞在他口里的沙砾外，什么东西对他都没有意义；当他举起他的镜在绝色美人面前，他们看见并承认自己的毛病同腐朽。呵！能够动人、公平同有力的死呀，谁也不能劝服的，你能够说服；谁也不敢想做的事，你做了；全世界所谄媚的人，你把他掷在世界以外，看不起他：你曾把人们的一切伟大、骄傲、残忍、雄心集在一块儿，用小小两个词‘躺在这里’盖尽一切。”

Death alone can make man know himself, show the proud and insolent that he is but object, and can make him hate his forepassed happiness; the rich man be proved a naked beggar, which hath interest in nothing but the gravel that. lls his mouth; and when he holds his glass before the eyes of the most beautiful, they see and acknowledge their own deformity and rottenness. O! eloquent, just and mighty death whom none could advise, thou hast persuaded; what none hath presumed, thou hast cast out of the world and despised: thou hast drawn together all the extravagant greatness, all the pride, cruelty and ambition of man, and covered all over with two narrow words: “Hic jacet.”

这里所说的是平常人对于死的意见，不过用伊利沙伯时代文体来写（显得）壮丽点，但是我们若是把它细看一番，就知道里头只含了对生之无常同生之无意义的感慨，而对着死国里的消息

并没有丝毫透露出来。所以倒不如叫做“生之哀辞”，比“死之冥想”还好些。一般人口头里所说关于死的思想，剥蕉抽茧看起来，中间只包了生的意志，哪里是老老实实的人死观呢？

庸人不足论，让我们来看一看沉着声音，两眼渺茫地望着青天的宗教家的话。他们在生之后编了一本“续编”。天堂地狱也不过如此如此。生与死给他们看来好似河岸的风景同水中反映的影景一样，不过映在水中的经过绿水特别具一种缥缈空灵之美。不管他们说的来生是不是镜花水月，但是他们所说死后的情形太似生时，使我们心中有些疑惑。因为若是死真是不过一种演不断的剧中一会儿的闭幕，等会儿笛鸣幕开，仍然续演，那么死对于我们绝对不会有这么神秘似的，而幽明之隔，也不至于到现在还没有一线的消息。科学家对死这问题，含糊说了两句不负责任的话，而科学家却常常仍旧安身立命于宗教上面。而宗教家对死又是不敢正视，只用着生的现象反映在他们西洋镜，做成八宝楼台。说来说去还在执著人生观，用遁词来敷衍人死观。

还有好多人一说到死就只想将死时候的苦痛。George Gissing[1] 在他的《草堂随笔》(*The private Papers of Henry Ryrcroft*)说，生之停止不能够使他恐怖，在床上久病却使他想起会害怕。当该萨[2] (Caesar)被暗杀前一夕，有人问哪种死法最好，他说“要最仓促、迅速的”！(That which

[1] 吉辛(1857—1903)，英国小说家，因救助一个妓女而犯偷窃罪，所以在下文被作者称为“小窃”。

[2] 恺撒(公元前102/100年？—公元前44年)，古罗马政治家、军事家。在罗马元老院大厅被刺身亡。

should be most sudden!）疾病苦痛是生的一部分，同死的实质满不相干。以上这两位小窃、军阀说的话还是人生观，并不能对死有什么真了解。

为什么人死观老是不能成立呢？为什么谁一说到死就想起生，由是眼睛注着生噜噜苏苏说一阵遁词，而不抓着死来考究一下呢？Johnson[1]曾对Boswel[2]说："我们一生只在想离开死的思想。"（The whole of life is but keeping away the thought of death.）死是这么一个可怕而摸不到的东西，我们总是设法回避它，或者将生死两个意义混起，做成一种骗自己的幻觉。可是我相信死绝对不是这么简单乏味的东西[3]。Andreyev[4]是窥得点死的意义的人。他写《穷人》（*Lazarus*）来象征死的可怕，写《七个缢死的人》（*The seven that were hanged*）来表示死对于人心理的影响。虽然这两篇东西我们看着都会害怕，它们中间都有一段新奇耀目的美。Christina Rossetti[5]，Edgar Allan poe[6]，Ambrose Bieree[7]同Lord Dunsang[8]对着死的本质也有相

[1] 约翰逊，英国作家。

[2] 鲍斯韦尔。

[3] 作者在将这篇文章收入《春醪集》时，删除了如下文字："比如在化学上H、O、Cl三个原质，H_2O同HCl性质是绝对不同的。我们不能由H_2O就推出HCl的性质。所以'死''生''人'三个结合起来，'生＋人'同'死＋人'是绝对不同两种东西。"

[4] 安德烈耶夫（Леонид Николаевич Андреев，1871—1919），俄国著名作家。

[5] 克里斯蒂娜·罗塞蒂（1830—1984），英国女诗人。

[6] 爱伦·坡（1809—1849），英国著名诗人、小说家、文艺批评家。

[7] 皮埃尔（1842—1914），英国小说家。

[8] 唐西尼（1878—1957），爱尔兰诗人、著名剧作家。

当的了解，所以他们著作里面说到死常常有种凄凉、灰白色的美。有人解释 Andreyev，说他身旁四面都被围墙围着，而在好多墙之外有一个一切墙的墙——那就是死。我相信在这一切墙的墙外面有无限的风光，那里有说不出的好境，想不来的情调。我们对生既然觉得二十四分的单调同乏味，为什么不勇敢地放下一切对生留恋的心思，深深地默想死的滋味。压下一切懦弱无用的恐怖，来对死的本体睇着细看一番。我平常看到骸骨总觉有一种不可名言的痛快，它是这么光着，毫无所怕地站在你面前。我真想抱着它来探一探它的神秘，或者我身里的骨，会同它有共鸣的现象，能够得到一种新的发现。骸骨不过是死宫的门，已经给我们这种无量的欢悦，我们为什么不漫步到宫里，看那千奇万怪的建筑呢。最少我们能够因此遁了生之无聊 ennui 的压迫。De Quincey[1] 只将“猝死”“暗杀”……当做艺术看，就现出了一片瑰奇伟丽的境界，何况我们把整个死来默想着呢？来，让我们这会死的凡人来客观地细玩死的滋味：我们来想死后灵魂不灭，老是这么活下去，没有了期的烦恼；再让我们来细味死后什么都完了，就归到没有了的可哀。永生同灭绝是一个极有趣味的 dilemma[2]，我们尽可和死亲昵着，赞美这 dilemma 做得这么完美无疵，何必提到死就两对牙齿打战呢？人生观这把戏，我们玩得可厌了，换个花头吧，大家来建设个好好的人死观。

[1] 德·昆西（1785—1859），英国著名散文家。

[2] 可译为两难境地。

在Carlyle[1]的*The life of John Sterling*[2]中有一封Sterling在病得快死的时候写给Carlyle的信，中间说：

“它（死）是很奇怪的东西，但是还没有旁观者所觉得的可悲的百分之一。”（It is all very strange, but not one hundredth part so sad as it seems to the standers-by.）[3]

[1] 卡莱尔。

[2] 卡莱尔的作品之一，《约翰·斯塔林的一生》。

[3] 此处原刊有一篇“附记”，在收入《春醪集》时被作者删除，全文如下：“在家闷坐的时候，忽然得第一百四十一期《语丝》。读球球君所做的《说病》，觉他的每句话都是我心中所想要说的，又是我所说不出的，并且文情轻淡生姿，深得英伦絮语文作家三昧。读数遍忽然动起续貂的意思，作这狗尾巴，所以标作献给《说病》的作者。那是因为‘one sees a picture, reads an anecdote, stars a casual fancy, and thinks to tell of it to this person is preterence to every other……it won’t do for another’。（引Charles Lamb给Wordsworth信的话。）”

谈“流浪汉”

当人生观论战[1]已经闹个满城风雨，大家都谈厌烦了不想再去提起的时候，一天我忽然写一篇短文，叫做《人死观》。这件事实在有些反动嫌疑，而且该挨思想落后的罪名，后来仔细一想，的确很追悔。前几年北平有许多人讨论 gentleman[2]这字应该要怎么样子翻译才好，现在是几乎谁也不说这件事了，我却又来喋喋，谈那和 gentleman（“君子”）正相反的 vagabond（“流浪汉”），将来恐怕免不了自悔。但是想写文章的时候，哪能够顾到那么多呢？

gentleman 这字虽然难翻，可是还不及 vagabond 这字那样古怪，简直找不出适当的中国字眼来。普通的英汉字典都把它翻做“走江湖者”“流氓”“无赖之徒”“游手好闲者”……但是我觉得都丢失了这个字的原意。vagabond 既不像走江湖的卖艺为生，也不是流氓那种一味敲诈。“无赖之徒”“游手好闲者”都带有贬骂的意思，vagabon 却是种可爱的人儿。在此无可奈何的时候，我只好暂用“流浪汉”三字来翻，自然也不是十分合适

[1] 指发生在1923年的、中国思想界展开的“科玄之战”的争论。
[2] 译为绅士。

的。我以为gentleman与vagabond这两个词所以这么刁钻古怪，是因为它们被人们活用得太久，原来的意义早已消失。于是每个人用这个词的时候都添些自己的意思，这字的含义越大，就越加好活用了。因此在中国寻不出一个能够引起那么多的联想的字来。本来gentleman与vagabond这两个词和财产都有关系的，一个是拥有财产、丰衣足食的公子，一个是毫无恒产、四处飘零的穷光蛋。因为有钱，自然能够受良好的教育，行动举止也温文尔雅，谈吐也就蕴藉不俗，更不至于跟人锱铢必较，言语冲撞了。gentleman这字的意义就由世家子弟一变变做斯文君子，所以现在我们不管一个人出身的贵贱，财产的有无，只要他的态度是温和，做人很正直，我们都把他当做gentleman。一班穷酸的人们被人冤枉时节，也可以答辩道："我虽然穷，却是个gentleman。"vagabond这个字意义的演化也经过了同样的历程。本来只指那班什么财产也没有，天天随便混过去的人们。他们既没有一定的职业，有时或者也干些流氓的勾当。但是他们整天随遇而安，倒也无忧无虑，他们过惯了放松的生活，所以就是手边有些钱，也是糊里糊涂地用光，对人们当然是很慷慨的。他们没有身家之虑，做事也就痛痛快快，并不像富人那种畏首畏尾，瞻前顾后。酒是大杯地喝下去，话是随便地顺口开河，有时也胡诌些有趣味的谎语。他们万事不关怀，天天笑呵呵，规矩的人们背后说他们没有责任心。他们与世无忤，既不会桌上排着一斗黄豆、一斗黑豆，打算盘似的整天数自己的好心思和坏心思，也不会皱着眉头，弄出连环巧计来陷害人们。他们的行为是糊涂的，他们的心肠是好的。他们是大个顽皮小孩，可是也带了小孩的天真。他们脑里存了不少奇奇怪怪的幻想，满脸春风，老是笑眯眯的，一些机心也没有。……我们现在把凡是带有这种心情的人们都叫做vagabond，就是他们是王侯将相的子孙，生平没有离开过家乡也不碍事。他们和中国古代的侠客有些相像，可是他们又不像侠客那样朴刀横腰，给夸大狂迷住，一脸凶气，走遍天下专为打不平。他们对于伦理观念，没有那么死板地痴痴执著。我不得已只好翻做“流浪汉”，流浪是指流浪的心情，所以我所赞美的流浪汉或者同守深闺的小姐一样，终身未出乡里一步。

英国十九世纪末叶诗人和小品文作家斯密士[1]（Alexander Smith)对于流浪汉是无限地颂扬。他有一段描写流浪汉的文章，说得很妙。他说：“流浪汉对于许多事情的确有他的特别意见。比如他从小是同密尼表妹一起养大，心里很爱她，而她小孩时候对于他的感情也是跟着年龄热烈起来，他俩结合后大概也可以好好地过活。他一定把她娶来，并没有考虑到他们收入将来能够不能够允许他请人们来家里吃饭或者时髦地招待朋友。这自然是太鲁莽了！可是对于流浪汉你是没法子说服他。他自己有他一套再古怪不过的逻辑（他自己却以为是很自然的推论），他以为他是为自己娶亲的，并不是为招待他的朋友的缘故；他把得到一个女人的真心同纯洁的胸怀比袋里多一两镑钱看得重得多。规矩的人们不爱流浪汉。那班膝下有还未出嫁姑娘的母亲特别怕他——并不是因他为子不孝，或者将来不能够做个善良的丈夫，或者对朋友不忠，但是他的手不像别人的手，总不会把钱牢牢地握着。他对

[1] 今译亚历山大·史密斯，英国著名诗人、小品文作家。

于外表丝毫也不讲究。他结交朋友，不因为他们有华屋美酒，却是爱他们的性情，他们的好心肠，他们讲笑话、听笑话的本领，以及许多别人看不出的好处。因此他的朋友是不拘一类的，在富人的宴会里却反不常见到他的踪迹。我相信他这种流浪态度使他得到许多好处。他对于人生的稀奇古怪的地方都有接触过。他对于人性晓得更透彻，好像一个人走到乡下，有时舍开大路，去凭吊荒墟古冢；有时在小村逆旅休息，路上碰到人们也攀谈起来。这种人对于乡下，自然比那坐在四轮马车里骄傲地跑过大道的知道得多。我们因为这无理的骄傲，丢失了不少见识。一点流浪汉的习气都没有的人是没有什么价值的。”斯密士说到流浪汉的成家立业的法子，可见现在所谓的流浪汉并不限于那无家可归，脚跟如蓬转的人们。斯密士所说的只是一面，让我再由另一个观察点——流浪汉和 gentleman 的比较——来论流浪汉，这样子一些一些凑起来或者能够将流浪汉的性格描摹得很完全，而且流浪汉的性格复杂万分（“汉”既以“流浪”名，自不是安分守己、方正简单的人们），绝不能一气说清。

英国文学里分析 gentleman 的性格最明晰深入的文章，公推是那位叛教分子纽门[1]（J. H. Newman）的《大学教育的范围同性质》。纽门说：“说一个人他从来没有给别人以苦痛，这句话几乎可以做‘君子’的定义……‘君子’总是从事于除去许多障碍，使同他接近的人们能够自然地随意行动；‘君子’对于他人行动是取赞同与合作的态度，自己却不愿开首主动……

[1] 纽曼（1801—1890），英国作家、宗教领袖。他曾经从信奉基督教转为信奉天主教，所以作者称其为“叛教分子”。

真正的‘君子’极力避免使同他在一块的人们心里感到不快或者颤震，以及一切意见的冲突或者感情的碰撞，一切拘束、猜疑、沉闷、怨恨；他最关心的是使每个人都很随便安逸，像在自己家里一样。”这样小心翼翼的君子我们当然很愿意和他们结交，但是若使天下人都是这么我让你，你体贴我，忸忸怩怩的，谁也都是捧着同情等着去附和别人的举动，可是谁也不好意思打头阵；你将就我，我将就你，大家天天只有个互相将就的目的，此外是毫无成见的，这种的世界和平固然很和平，可惜是死国的和平。迫得我们不得不去欢迎那豪爽英迈、勇往直前的流浪汉。他对于自己一时兴到想干的事趣味太浓厚了，只知道口里吹着调子，放手做去，既不去打算这事对人是有益是无益，会成功还是容易失败，自然也没有虑及别人的心灵会不会被他搅乱，而且“君子”们袖手旁观，本是无可无不可的，大概总会戴着白手套轻轻地鼓掌。流浪汉干的事情不一定对社会有益，造福于人群，可是他那股天不怕，地不怕，不计得失，不论是非的英气总可以使这麻木的世界呈现些许生气，给“君子”们以赞助的材料，免得“君子”们整天掩着手打呵欠（流浪汉才会痛快地打呵欠，“君子”们总是像林黛玉那样子抿着嘴儿）找不出话讲。我承认偷情的少女、再嫁的寡妇都是造福于社会的，因为没有她们，那班贞洁的小姐、守节的孀妇就丢失了谈天的材料，也无从来赞美自己了。并且流浪汉整天瞎闹过去，不仅目中无人，简直把自己都忘却了。真正的流浪汉所以不会引起人们的厌恶，因为他已经做到无人无我的境地，那一刹那间的冲动是他唯一的指导。他自己爱笑，也喜欢看别人的

笑容，别的他什么也不管了。“君子”们处处为他人着想，弄得不好，反使别人怪难受，倒不如流浪汉的有饭大家吃，有酒大家喝，有话大家说，先无彼此之分，人家自然会觉得很舒服，就是有冲撞地方，也可以原谅，而且由这种天真的冲撞更可以见流浪汉的毫无机心。真是像中国旧文人所爱说“文章天成，妙手偶得之”，流浪汉任性顺情，万事随缘，丝毫没有想到他人，人们却反觉得他是最好的伴侣，在他面前最能够失去世俗的拘束，自由地行动。许多人爱流连在乌烟瘴气的酒肆、小茶店里，不愿意去高攀坐在王公大人们客厅的沙发上；一班公子哥儿喜欢跟马夫、下流人整天打伙，不肯到他那客气温和的亲戚家里走走，都是这种道理。纽门又说：“君子知道得很清楚，人类理智的强处同弱处，范围同限制。若使他是个不信宗教的人，他是太精明、太雅量了，绝不会去嘲笑或者反宗教；他太智慧了，不会武断地或者狂热地反教。他对于虔敬同信仰有相当的尊敬：有些制度他虽然不肯赞同，可是他还以为这些制度是可敬的、良好的或者有用的；他礼遇牧师，自己仅仅是不谈宗教的神秘，没有去攻击、否认。他是信教自由的赞助者，这并不只是因为他的哲学教他对于各种宗教一视同仁，一半也是由于他的性情温和近于女性——凡是有文化的人们都是这样。”这种人修养功夫的确很到家，可谓火候已到，丝毫没有火气，但是同时也失去活气，因为他所磨炼去的火是 Prometheus[1] 由上

[1] 普罗米修斯，希腊神话中的人物，人类之父。因为为人类盗取火种而被宙斯记恨，宙斯将他绑在高加索山上，让鹰啄食他的肝脏。

天偷来做人们灵魂用的火。十八世纪第一画家Reynolds[1]是位脾气顶好的人，他的密友约翰生[2]（就是那位麻脸的胖子）一天对他说："Reynolds，你对于谁也不恨，我却爱那善于恨人的人。"约翰生伟大的脑袋蕴蓄有许多对于人生微妙的观察，他通常冲口而出的牢骚都是入木三分的慧话。恨人恨得好（A good hater）真是一种艺术，而且是人人不可不讲究的。我相信不会热烈地恨人的人也是不知道怎样热烈地爱人。流浪汉是知道如何恨人，如何爱人。他对于宗教不是拼命地相信，就是尽力地嘲笑。Donne[3]，Herrick[4]，Celleni[5]都是流浪汉气味十足的人们，他们对于宗教都有狂热；Voltaire[6]，Nietzsche[7]这班流浪汉就用尽俏皮的词句，热嘲冷讽，掉尽枪花，来讥骂宗教。在人生这幕悲剧的喜剧或者喜剧的悲剧里，我们实在应该旗帜分明地对于一切不是打倒就是拥护，否则到处妥协，灰色地独自踯躅于战场之上，未免太单调了，太寂寞了。我们既然知道人类理智的能力是有限的，那么又何必自作聪明，僭居上帝的地位，盲目地对于一切主张都持个大人听小孩说梦话态度，保存一种白痴

---

[1] 雷诺兹(1723—1792)，英国十八世纪下半叶最具知名度和影响力的画家。

[2] 约翰逊（1709—1784），英国著名的谈话家、作家和词典家，被誉为仅次于莎士比亚的英文语言大师。

[3] 今译多恩（1572—1631），英国著名的玄学派诗人、散文家。

[4] 赫里克（1591—1674），英国资产阶级时期和复辟时期的所谓"骑士派"诗人之一。

[5] 切利尼（1500—1571），意大利佛罗伦萨金匠，著名的雕刻家、作家。

[6] 伏尔泰（1694—1778），法国启蒙思想家、文学家、哲学家。

[7] 尼采（1844—1900），德国著名哲学家，西方现代哲学的开创者，也是一位卓越的诗人和散文家。

的无情脸孔，暗地里自夸自己的眼力不差，晓得可怜同原谅人们低弱的理智。真真对于人类理智力的薄弱有同情的人是自己也加入跟着人们胡闹，大家一起乱来，对人们自然会有无限同情。和人们结伙走上错路，大家当然能够不言而喻地互相了解。当浊酒三杯过后，大家拍桌高歌，莫名其妙地相视而笑，莫逆于心，那时人们才有真正的同情，对于人们的弱点有愿意的谅解，并不像“君子”们的同情后面常带有“我佛如来怜悯众生”的冷笑。我最怕那人生的旁观者，所以我对于厚厚的《约翰生传》[1]会不倦地温读，听人提到Addison的旁观报[2]就会皱眉，虽然我也承认他的文章是珠圆玉润，修短适中，但是我怕他那像死尸一般的冰冷。纽门自己说“君子”的性情温和近于女性（The gentleness and effeminacy of feeling），流浪汉虽然没有这类在台上走S式步伐的旖旎风光，他却具有男性的健全。他敢赤身露体地和生命肉搏，打个你死我活。不管流浪汉的结果如何，他的生活是有力的，充满趣味的，他没有白过一生，他尝尽人生的各种味道，然后再高兴地去死的国土里遨游。这样在人生中的趣味无穷、翻身打滚的态度，已经值得我们羡慕，绝不是女性的“君子”所能晓得的。

耶稣说过：“凡想要保全生命的，必丧掉生命。凡想要丧掉生命的，必救活生命。”流浪汉无时不是只顾目前的痛快，早把生命的安全置之度外，可是他却无时不尽量地享受生之乐。安分守己的人们天天守着生命，战战兢兢，只怕失丢

[1] 也译为《约翰逊传》，作者是苏格兰作家鲍斯韦尔。

[2] 英国著名散文家艾迪生和斯梯尔于1711年合办了英国《旁观报》。

了生命，反把生命真正的快乐完全忽略；到了盖棺论定，自己才知道白宝贵了一生的生命，却毫无受到生命的好处，可惜太迟了，连追悔的时候都没有。他们对于生命好似守财奴的念念不忘于金钱，不过守财奴还有夜夜关起门来，低着头数血汗换来的钱财的快乐；爱惜生命的人们对于自己的生命，只有刻刻不忘的担心，连这种沾沾自喜的心情也没有。守财奴为了金钱缘故还肯牺牲了生命，比那什么想头也消失了，光会顾惜自己皮肤的人们到底是高一等，所以上帝也给他那份应得的快乐。用句罗素的老话，流浪汉对于自己生命不取占有冲动，是被创造冲动的势力鼓舞着。实在说起来，宇宙间万事万物流动不息，哪里真有常驻的东西。只有灭亡才是永存不变的，凡是存在的天天总脱不了变更，这真是“法轮常转”。Walter Pater[1] 在他的《文艺复兴研究》的结论曾将这个意思说得非常美妙，可惜写得太好了，不敢翻译。尤其生命是瞬刻之间、变幻万千的，不跳动的心是属于死人的。所以除非顺着生命的趋势，高兴地什么也不去管往前奔，人们绝不能够享受人生。近代小品文家 Jaekson[2] 在他那篇论“流浪汉”文里说：“流浪汉如入生命的波涛、汹涌的狂潮里生活。”他不把生命紧紧地拿着（普通人将生命握得太紧，反把生命弄僵化、弄死了），却做生命海中的弄潮儿，伸开他的柔软身体，跟着波儿上下，他感觉到处处触着生命，他身内的热血也起共鸣。最

[1] 佩特（1839—1894），法国唯美主义文学的代表作家和理论家，代表作《文艺复兴研究》。

[2] 杰克逊（1892—1954），美国著名散文家。

能够表现流浪汉这种精神的是美国放口高歌、不拘韵脚的惠提曼[1]（Walt Whitman）。他那本诗集《草之叶》[2]（*Leaves of Grass*）里的诗句句都露出流浪汉的本色，真可以说是流浪汉的圣经。流浪汉生活之所以那么有味，一半也由于他们的生活是很危险的。踢足球，当兵，爬悬崖峭壁……所以会那么饶有趣味，危险性也是一个主因。在这个单调寡趣、平淡无奇的人生里，凡有血性的人们常常觉到不耐烦。听到旷野的呼声，原人时代啸游山林、到处狩猎的自由，化做我们的本能，潜伏在黑礼服的里面，因此我们时时想出外涉险，得个更充满的不羁生活。万顷波涛的大海谁也知道覆灭过无千无数的大船，可是年年都有许多盎格罗萨格逊[3]的小孩恋着海上危险的生涯，宁愿抛弃家庭的安逸，违背父母的劝谕，跑去过碧海苍天中辛苦的水手生涯。海所以会有那么大的魔力，就是因为它是世上最危险的地方，而身心健全的好汉哪个不爱冒险、爱慕海洋的生活，不仅是一“海上夫人”而已也。所以海洋能够有小说家们像Marryat[4]，Cooper[5]，Loti[6]，Conrad[7]等去描写它，而

[1] 惠特曼（1810/1819？—1892），美国诗人。

[2] 惠特曼的代表作之一，今译为《草叶集》。

[3] 盎格罗萨格逊，今多译为“盎格鲁撒克逊”，原指公元五世纪至1066年，移居英格兰，并对其加以统治的日耳曼民族。今天泛指英格兰人。

[4] 马里亚特（1792—1848），英国著名冒险小说作家，原是英国的一名海军军官，退役后开始致力于冒险小说的创作。

[5] 库珀（1789—1851），美国著名小说作家。

[6] 洛蒂（1856—1923），法国著名小说作家，以冒险小说见长。

[7] 康拉德（1857—1924），波兰裔英国作家。

他们的名著又能够博多数人的同情。蔼理斯[1]曾把人生比做跳舞，若是世界真可以说是个跳舞场，那么流浪汉是醉眼蒙眬狂欢地跳二人旋转舞的人们。规矩的先生们却坐在小桌边无精打采地喝无聊的咖啡，空对着似水的流年怅惘。

流浪汉在无限量地享受当前生活之外，他还有丰富的幻想做他的伴侣。Dickens[2]的《块肉余生述》里面的Micawber[3]在极穷困的环境中不断地说“我们快交好运了”，这确是流浪汉的本色。他总是乐观的，走的老是蔷薇的路。他相信前途一定会光明，他的将来果然会应了他的预测，因为他一生中是没有一天不是欣欣向荣的；就是悲哀时节，他还是肯定人生，痛痛快快地哭一阵后，他的泪珠已滋养大了希望的根苗。他信得过自己，所以他在事情还没有做出之前，就先口说莲花，说完了，另一个新的冲动又来了，他也忘却自己讲的话，那事情就始终没有干好。这种言行不能一致，孔夫子早已反对在前，可是这类英气勃勃的矛盾是多么可爱！蔼理斯在他的名著《生命的跳舞》里说：“我们天天变更，世界也是天天变更，这是顺着自然的路，所以我们表面的矛盾有时就全体来看却是个深一层的一致。”（他的话大概是这样，一时记不清楚。）流浪汉跟着自然一团豪兴。想到哪里就说到哪里，他的生命是多么有力。行为不一定是天下一切主意的唯一归宿，有些微妙的主张只待说出已是值得赞美了，做出来

[1] 旧译为霭理士，今译埃利斯（1859—1939），英国医生、散文家。

[2] 狄更斯（1812—1870），十九世纪英国批判现实主义作家。

[3] 米考伯，狄更斯的《块肉余生述》（今译为《大卫·科波菲尔》）中的人物。

或者反见累赘。神话同童话里的世界哪个不爱，虽然谁也知道这是不能实现的。流浪汉的快语在惨淡的人生上布一层彩色的虹，这就很值得我们谢谢了。并且有许多事情起先自己以为不能胜任，若是说出话来，因此不得不努力去干，倒会出乎意料地成功；倘若开头先怕将来不好，连半句话也不敢露，一碰到障碍就随它去，那么我们的做事能力不是一天天退化了？一定要言先乎事，做我们努力的刺激，生活才有兴味，才有发展。就是有时失败，富有同情的人们定会原谅，尖酸刻薄的人们的同情是得不到的，并且是不值一文的。我们的行为全借幻想来提高，所以Masefield[1]说：“缺乏幻想能力的人民是会灭亡的。”幻想同矛盾是良好生活的经纬。流浪汉心里想出七古八怪的主意，干出离奇矛盾的事情，什么传统正道也束缚他不住，他真可以说是自由的骄子；在他的眼睛里，世界变做天国，因为他过的是天国里的生活。

若是我们翻开文学史来细看，许多大文学家全带有流浪汉气味。Shakespeare[2]偷过人家的鹿，Ben Jonson[3]，Marlowe[4]等都是Mermaid Tavern[5]这家酒店的老主顾，Goldsmith[6]吴市吹

[1] 梅斯菲尔德（1878—1957），英国诗人、剧作家，1930年被授予英国第22届“桂冠诗人”的称号。

[2] 莎士比亚（1564—1616），欧洲文艺复兴时期人文主义文学的集大成者，伟大的英国剧作家、诗人。

[3] 本·琼森（1572—1637），英国诗人、剧作家、评论家。

[4] 马洛（1564—1593），英国著名诗人、剧作家。

[5] 伦敦街上的一家酒店，可译为美人鱼酒店。

[6] 哥尔德斯密斯（1730—1774），英国著名作家，被称为英国十八世纪后期风俗喜剧的先驱。

箫，靠着他的口笛遍游大陆，Steele[1] 整天忙着躲债，Charles Lamb[2]，Leigh Hunt[3] 癫头癫脑，吃大烟的 Coleridge[4]，De Quincey[5] 更不用讲了，拜伦雪莱、济茨[6] 那是谁也晓得的。就是 Wordsworth[7] 那么道学先生神气，他在法国时候，也有过一个私生女，他有一首有名的十四行诗就是说这个女孩的。目光如炬专说精神生活的塔果尔[8]，小孩时候最爱的是逃学。Browning[9] 带着人家的闺秀偷跑，Mrs. Browning[10] 违着父亲淫奔，前数年不是有位好事先生考究出 Dickens 年轻时许多不轨的举动，其他如 Swinburen[11],Stevenson[12] 以及《黄书》杂志[13] 那班唯美派作家那是更不用说了。为什么偏是流浪汉才会写出许多不朽的书，让后来"君子"式的大学生整天整夜按部就班地念呢？头一下因为流浪汉敢做敢说，不晓得掩饰求媚，委曲求全，所以他的话真挚动人。有时加上些漫天大谎，那谎却是那样子大胆地杜撰，是一般拘谨人和假君子所绝对不敢说的，谎言因此有谎言的真实在，这

---

[1] 斯梯尔（1672—1729），著名散文家。

[2] 兰姆（1775—1834），英国散文家。

[3] 亨特（1784—1859），英国新闻记者、散文作家、诗人和政论家。

[4] 柯尔律治（1772—1834），英国诗人和评论家。

[5] 德•昆西（1785—1859），英国著名散文家。

[6] 济慈（1795—1821），英国浪漫主义诗人。

[7] 华兹华斯，英国著名浪漫主义诗人。

[8] 疑似 T. 莫尔，英国政治家、作家。

[9] 布朗宁（1812—1889），著名英国诗人。

[10] 布朗宁夫人（1806—1861），英国著名女诗人。

[11] 斯温伯恩（1837—1909），英国著名文学批评家，诗人。

[12] 斯蒂文森。

[13] 《黄色杂志》，英国的唯美主义作家、艺术家刊物。

真实是扯谎者的气魄所逼成的。而且文学是个性的结晶，个性越显明，越能够坦白地表现出来，那作品就更有价值。流浪汉是具有出类拔萃的个性的人物，他们的思想同行事全有他们的特别性格的色彩，他们豪爽直截的性情使他们能够把这种怪异的性格跃跃地呈现于纸上。斯密士[1]说得不错，“天才是个流浪汉”；希腊哲学家讲过，“知道自己最难”。所以在世界文学里写得好的自传很少，可是世界中所流传几本不朽的自传全是流浪汉写的。Cellini[2]杀人不眨眼，并且敢明明白白地记下，他那回忆录（Memoirs）过了几千年还没有失去光辉。Augustine[3]少年时放荡异常，他的忏悔录却同托尔斯泰（他在莫斯科纵欲的事迹也是不可告人的）的忏悔录，卢骚[4]的忏悔录同垂不朽。富兰克林[5]也是有名的流浪汉，不管他怎样假装做正人君子，他那浪子的骨头总常常露出，只要一念Cobbett[6]攻击他的文章就知道他是多么古怪的一个人。De Quincey[7]的《英国一个吃鸦片人的忏悔录》，这个名字已经可以告诉我们那内容了。做《罗马衰亡史的Gibbon[8]，他年轻时候爱同教授捣乱，他那本薄薄的自传也是

[1] 即上文提及的史密斯。

[2] 切利尼（1500—1571），意大利佛罗伦萨金匠，著名的雕刻家、作家。

[3] 奥古斯丁（354—430），基督教思想家。

[4] 今译卢梭（1712—1778），法国著名启蒙思想家、哲学家、教育家、文学家。

[5] 富兰克林（1706—1790），十八世纪美国著名的实业家、科学家、社会活动家，也是思想家和外交家。

[6] 科贝特（1763—1835），英国散文作家、记者。

[7] 德·昆西。

[8] 吉本（1737—1794），英国著名历史学家。

个愉快的读物。Jeffrics[1]一心全在自然的美上面，除开游荡山林外，什么也不注意，他那《心史》是本冰雪聪明、微妙无比的自白。记得从前美国一位有钱老太太希望她的儿子成个文学家，写信去请教一位文豪，这位文豪回信说：“每年给他几千镑，让他自己鬼混去吧。”这实在是培养创造精神的无上办法。我希望想写些有生气的文章的大学生不要死滞在文科讲堂里，走出来当一当流浪汉吧。最近半年北大的停课对于中国将来文坛大有裨益，因为整天没有事只好逛市场、跑“前门”的文科学生免不了染些流浪汉气息。这种千载一时的机会，希望我那些未毕业的同学们好好地利用，免贻后悔。

前几年才死去的一位英国小说家Conrad在他的散文集《人生与文学》内，谈到一位有流浪汉气的作家Luffmann，说起有许多小女子读了他的书以后，写信去向他问好，不禁醋海生波，顾影自怜地（虽然他是老舟子出身）叹道：“我平生也写过几本故事（我不愿意无聊地假假自谦），既属纪实又很有趣，可是没有女人用温柔的话写信给我。为什么呢？只是因为我没有他那种流浪汉气。家庭中可爱的专制魔王对于这班无法无天的人物偏动起怜惜的心肠。”流浪汉确是个可爱的人儿，他具有完全男性，情怀潇洒，磊落大方，哪个怀春的女子见他不会倾心。俗语说：“痴心女子负心汉。”就是因为负心汉全是处处花草颠连的浪子，什么事情都不放在心头，他那痛快淋漓的气概自然会叫那老被人拘在深闺里的女子一见心倾，后来无论他怎的负心，女子总是

[1] 杰弗里斯，著名英国小说家。

痴心地等待着。中古的贵女爱骑士，中国从前的美人爱英雄，总是如花少女对于风尘中飘荡人的一往情深的表现。红拂的夜奔李靖[1]，乌江军帐里的虞姬[2]，随着范蠡飘荡五湖的西施[3]……这些例子也不知道有多少。清朝上海窑子爱姘马夫，现在电影明星姘汽车夫，姨太太跟马夫偷情，也是同样的道理。总之，流浪汉天生一种叫人看着不得不爱的情调，他那种古怪莫测的行径刚中女人爱慕热情的易感心灵。岂只女人的心见着流浪汉会融，我们不是有许多瞎闹胡乱用钱行事乖张的朋友，常常向我们借钱捣乱，可是我们始终恋着他们率直的态度，对他们总是怜爱帮忙。天下最大的流浪汉是基督教里的魔鬼。可是哪个人心里不喜欢魔鬼。在莎士比亚以前英国神话剧盛行的时候，丑角式的魔鬼一上场，大家都忙着拍手欢迎，魔鬼的一举一动看客必定跟着捧腹大笑。Robert Lynd[4]在他的小品文集《橘树》里《论魔鬼》那篇中说："《失乐园》诗所说的撒但[5]在我们想象中简直等于儿童故事里面伟大英猛的海盗。"凡是儿童都爱海盗，许多人念了密尔敦[6]史诗觉得诡谲的撒但比板板的上帝来得有趣得多。魔鬼的堪爱地方太多了，不是随便说得完，留得将来为文细论。

清末有几位王公贝勒常在夏天下午换上叫花子的打扮，偷跑

[1] 隋朝末年，贵族杨素的家妓红拂因为欣赏李靖的雄才大略，而与他私奔。

[2] 项羽在兵败垓下，突围至乌江自刎时，他的宠妾虞姬始终跟随在他的左右。

[3] 西施是春秋时期越王勾践送给吴王夫差的美人。相传在勾践灭吴后，西施便与越国大夫范蠡归隐五湖。

[4] 林德（1879—1949），英国杂文作家。

[5] 今译撒旦，《圣经》里所说的恶魔。

[6] 今译弥尔顿（1608—1674），英国诗人、政论家。

到什刹海路旁口唱莲花[1]向路人求乞，黄昏时候才解下百衲衣回王府去。我在北京住了几年，心中很羡慕旗人知道享乐人生，这事也是一个证明。大热天气里躺在柳荫底下，顺口唱些歌儿，自在地饱看来往的男男女女；放下朝服，着半件轻轻的破衫，尝一尝暂时流浪汉生活的滋味，这是多么知道享受人生！戏子的生活也是很有流浪汉的色彩，粉墨登场，去博人们的笑和泪，自己仿佛也变做戏中人物。清末宗室有几位很常上台串演，这也是他们会寻乐的地方。白浪滔天，半生奔走天下，最后入艺者之家，做一个门弟子，他自己不胜感慨，我却以为这真是浪人应得的涅槃。不管中外，戏子、女优必定是人们所喜欢的人物，全靠着他们是社会中最显明的流浪汉。Dickens 的小说之所以会那么出名，每回出版新书的时候，要先通知警察到书店门口守卫，免得购书的人争先恐后打起架来，也是因为他书内大角色全是流浪汉。Pickwick[2]俱乐部那四位会员和他们周游中所遇的人们，《双城记》中的 Carton[3]等等全是第一等的流浪汉。《儒林外史》中的杜少卿，《水浒》中的鲁智深，《红楼梦》中的柳二郎，《老残游记》中的补残，老是深深地刻在读者的心上，变成模范的流浪汉。

流浪汉自己一生快活，并且凭空地布下快乐的空气，叫人们看到他们会高兴起来，说不出地喜欢他们，难怪有人说：“自然创造我们的时候，我们个个都是流浪汉，是这俗世把我弄成个讲

[1] 一种民间曲艺，也称为莲花落。

[2] 狄更斯小说《匹克威克外传》中的人物，匹克威克。

[3] 狄更斯小说《双城记》中的人物，可译为卡顿。

究体面的规矩人。”在这点我要学着卢骚，高呼“返于自然”。无论如何，在这麻木不仁的中国，流浪汉精神是一服极好的兴奋剂，最需要的强心针。就是把什么国家、什么民族一笔勾销，我们也希望能够过个有趣味的一生，不像现在这样天天同不好不坏、不进不退的先生们敷衍。写到这里，忽然记起东坡一首《西江月》，觉得很能道出流浪汉的三昧，就抄出做个结论吧！

西江月

顷在黄州，春夜行蕲水中，过酒家，饮酒醉。乘月至一溪桥上，解鞍曲肱，醉卧少休。及觉已晓，乱山攒拥，流水锵然，疑非尘世也。书此语桥柱上。

照野弥弥浅浪，横空隐隐层霄，
障泥未解玉骢骄，我欲醉眠芳草。
可惜一溪风月，莫教踏碎琼瑶，
解鞍攲枕绿杨桥，杜宇一声春晓。

“春朝”一刻值千金

（懒惰汉的懒惰想头之一）

十年来，求师访友，足迹走遍天涯，回想起来给我最大益处的却是“迟起”，因为我现在脑子里所有些聪明的想头，灵活的意思多半是早上懒洋洋地赖在床上想出来的。我真应该写几句话赞美它一番，同时还可以告诉有志的人们一点“迟起艺术”的门径。谈起艺术，我虽然是门外汉，不过对于迟起这门艺术倒可以说是一位行家，因为我既具有明察秋毫的批评能力，又带了甘苦备尝的实践精神。我天天总是在可能范围之内，尽量地滞在床上——那是我们的神庙——看着射在被上的日光，暗笑四围人们无谓的匆忙，回味前夜的痴梦——那是比做梦还有意思的事——细想迟起的好处，唯我独尊地躺着，东倒西倾的小房立刻变做一座快乐的皇宫。

诗人画家为着要追求自己的幻梦，实现自己的痴愿，宁可牺牲一切物质的快乐，受尽亲朋的诟骂，他们从艺术里能够得到无穷的安慰，那是他们真实的世界，外面的世界对于他们反变成一个空虚。迟起艺术家也具有同等的精神。区区虽然不是一个迟起大师，但是对于本行艺术的确有无限的热忱——艺术家的狂热。所以让我拿自己做个例子吧。当我是个小孩子的时候，我的生活由家庭替我安排，毫无艺术的自觉，早上六点就起来了。后来到北方念书去，北方的天气是培养迟起最好的沃土，许多同学又都是程度很高的迟起艺术专家，于是绝好的环境同朋辈的切磋使我领略到迟起的深味，我的忠于艺术的热度也一天一天地增高。暑假、年假回家时期，总在全家人吃完了早饭之后，我才敢动起床的念头。老父常常对我说清晨新鲜空气的好处，母亲有时提到重温稀饭的麻烦，慈爱的祖母也屡次向我姑母说“早起三日当一工”（我的姑母老是起得很早的），我虽然万分不愿意丢失大人们的欢心，但是为着忠于艺术的缘故，居然甘心得罪老人家。后来老人家知道我是无可救药的，反动了怜惜的心肠，他们早上九点钟时候走过我的房门前还是用着足尖；人们温情地放纵我们的弱点是最容易刺动我们麻木的良心，但是我总舍不得违弃了心爱的艺术，所以还是懊悔地照样地高卧。在大学里，有几位道貌岸然的教授对于迟到学生总是白眼相待，我不幸得很，老做他们白眼的鹄的[1]；也曾好几次下个决心早起，免得一进教室的门，就受两句冷讽，可是一年一年地过去，我足足受了四年的白眼待遇，里头的苦处是别人想不出来的。有一年寒假住在亲戚家里，他们晚饭的时间是很早的，所以一醒来，腹里就咕噜地响着，我却按下饥肠，故意想出许多有趣事情，使自己忘却了肚饿，有时饿出汗来，还是坚持着非到十点是不起来的。对于艺术我是多么忠实，情愿牺牲。枵腹作诗的

[1] 鹄的，这里是“目标”的意思。

爱仑·波[1]真可以说是我的同志。后来入世谋生，自然会忽略了艺术的追求；不过我还是尽量地保留一向的热诚，虽然已经是够堕落了。想起我个人因为迟起所受的许多说不出的苦痛，我深深相信迟起是一门艺术，因为只有艺术才会这样带累人，也只有艺术家才肯这样不变初衷地往前牺牲一切。

但是从迟起我也得到不少安慰，总够补偿我种种的苦痛。迟起给我最大的好处是我没有一天不是很快乐地开头的。我天天起来总是心满意足的，觉得我们住的世界无日不是春天，无处不是乐园。当我神怡气舒地躺着的时候，我常常记起勃浪宁[2]的诗："上帝在上，万物各得其所。"（鱼游水里，鸟栖树枝，我卧床上。）人生是短促的，可是若使我们有过光荣的青春，我们的一生就不能算是虚度，我们的残年很可以傍着火炉，晒着太阳在回忆里过日子。同样的一天的光阴是很短促的，可是若使我们有过光荣的早上（一半时间花在床上的早晨），我们这一天就不能说是白丢了，我们其余时间可以用在追忆清早的幸福，我们青年时期——若是欣欢——的结晶，我们的余生一定不会很凄凉的。青春的快乐是有影子留下的，那影子好似带了魔力，惨淡的老年给它一照，也呈出和蔼慈祥的光辉。我们一天里也是一样的，人们不是常说，一件事情好好地开头，就是已经成功一半了；那么赏心悦意的早晨是一天快乐的先导。迟起不单是使我天天快活地开头，还叫我们每夜高兴地结束这个日子；我们夜夜去的时候，心里就预料到明早迟起的快乐——预料中的快乐是比当时的享受，味还长得多——

[1] 今译爱伦·坡（1809—1849），英国著名诗人、小说家、文艺批评家。
[2] 今译布朗宁。

这样子我们一天的始终都是给生机活泼的快乐空气围住，这个可爱的升平景象却是迟起一手做成的。

迟起不仅是能够给我们这甜蜜的空气，它还能够打破我们结结实实的苦闷。人生最大的愁忧是生活的单调。悲剧是很热闹的，怪有趣的，只有那不生不死的机械式生活才是最无聊赖的。迟起真是唯一的救济方法。你若是感到生活的沉闷，那么请你多睡半点钟（最好是一点钟），你起来一定觉得许多要干的事情没有时间做了，那么是非忙不可——“忙”是进到快乐宫的金钥，尤其那自己找来的忙碌。“忙”是人们体力发泄最好的法子，亚里士多德不是说过，人的快乐是生于能力变成效率的畅适。我常常在办公时间五分钟以前起床，那时候洗脸、刷牙、进早餐，都要用最快的速度完成，全变做最浪漫的举动。当牙膏四溅，脸水横飞，一手拿着头梳对着镜子，一面吃面包时节，谁会说人生是没有趣味呢？而且当时只怕过了时间，心中充满了冒险的情绪。这些暗地晓得不碍事的冒险兴奋是顶可爱的东西，尤其是对于我们这班不敢真真履险的懦夫。我喜欢北方的狂风，因为当我们冲着黄沙往前进的时候，我们仿佛是斩将先登，冲锋陷阵的健儿，跟自然的大力肉搏，这是多么可歌可泣的壮举。同时除开耳孔、鼻孔塞点沙土外，丝毫危险也没有，不管那时是怎的像煞有介事的样子。冒险的嗜好哪个人没有，不过我们胆小，不愿白丢了生命，仁爱的上帝因此给我们卷地蔽天的刮风，做我们安稳冒险的材料。住在江南的可怜虫，找不到这一天赐的机会，只得英雄做时势，迟些起来，自己创造机会。就是放假期间，十点半起床，早餐后抽完了烟，已经十一点过了，一想到今天打算做的事情一件也没有动手，赶紧忙着起来——天下里

还有比无事忙更有趣味的事吗？若是你因为迟起挨到人家的闲话，那最少也可以打破你日常一波不兴、无声无阒的生活。我想凡是尝过生活的深味的人一定会说痛苦比单调灰色生活强得多，因为痛苦是活的，灰色的生活却是死的象征。迟起本身好似是很懒惰的，但是它能够给我们最大的活气，使我们的生活跳动生姿；世上最懒惰不过的人们，是那般黎明即起，老早把事做好，坐着呆呆地打呵欠的人们。迟起所有的这许多安慰，除开艺术，我们哪里还找得出来呢？许多人现在还不明白迟起的好处，这也可以证明迟起是一种艺术，因为只有艺术，人们才会这样地不去睬它。

现在春天到了，“春宵苦短日高起”，五六点钟醒来，就可以看见太阳，我们可以醉也似的躺着，一直躺了好几个钟头，静听流莺的巧啭，细看花影的慢移，这真是迟起的绝好时光。能让我们天天多躺一会儿吧，别辜负了这一刻千金的“春朝”。

《懒惰汉的懒惰想头》是当代英国小品文家Jerome K.Jerome[1]的文集名字（*Idle Thoughts of an Idle Fellow*），集里所说的都是拉闲扯散、瞎三道四的废话，可是自带有幽默的深味，好似对于人生有比一般人更微妙的认识同玩味——这或者只是因为我自己也是懒惰汉，官官相卫，惺惺惜惺惺，那么也好，就随它去吧。“春宵一刻值千金”这句老话，是谁也知道的，我觉得换一个字，就可以做我的题目。连小小二句题目，都要东抄西袭凑合成的，不肯费心机自己去做一个，这也可以见我的懒惰了。

在副题目底下加了“之一”两字，自然是指明我还要继续写

[1] 杰罗姆·凯·杰罗姆（1859—1972），英国著名散文家。

些这类无聊的小品文字，但是什么时候会写第二篇，那是连上帝都不敢预言的，我是那么懒惰。有时晚上想好了意思[1]，第二天起得太早，心中一懊悔，什么好意思都忘却了。

[1] 此处作者在收入《春醪集》是略微做了改动，原文是“第二天起得太迟，一下床忙着办公去，就弄忘记了”。

天真与经验

天真和经验好像是水火不相容的东西。我们常以为只有什么经验也没有的小孩子才会天真，他那位饱历沧桑的爸爸是得到经验，而失掉天真了。可是，天真和经验实在并没有这样子不共戴天，它们俩倒很常是聚首一堂。英国最伟大的神秘诗人勃来克[1]著有两部诗集：《天真的歌》（*Songs of Innocence*）同《经验的歌》（*Songs of Experience*）。在天真的歌里，他无忧无虑地信口唱出晶莹甜蜜的诗句，他简直是天真的化身，好像不晓得世上是有龌龊的事情的。然而在经验的歌里，他把人情的深处用简单的词句表现出来，真是找不出一个比他更有世故的人了。他将伦敦城里扫烟囱小孩子的穷苦、娼妓的厄运说得辛酸凄迷，可以说是看尽人世间的烦恼。可是他始终仍然是那么天真，他还是常常亲眼看见天使；当他的工作没有做得满意时候，他就同他的妻子双双跪下，向上帝祈祷。他快死的前几天，那时他结婚已经有四十五年了，一天他看着他的妻子，忽然拿起铅笔叫道：“别动！在我眼里你一向是一个天使，我要把你画下。”他就立刻画出她的相貌。这

[1] 今译布莱克（William Blake，1757—1827），英国十九世纪著名浪漫主义诗人。

是多么天真的举动。尖酸刻毒的斯惠夫特[1]写信给他那两位知心的女人的时候，的确是十足的孩子气，谁去念*The Journal to Stella*[2]这部书信集，也不会想到写这信的人就是*Gulliver's Travels*[3]的作者。斯蒂芬生[4]在他的小品文集《贻青年少女》（*Virginibus Puerisque*）中，说了许多世故老人的话，尤其是对于婚姻，讲有好些叫年轻的爱人们听着会灰心的冷话。但是他却没有丢失了他的童心，他能够用小孩子的心情去叙述海盗的故事；他又能借小孩子的口气，著出一部《小孩的诗园》（*A Child's Garden of Verses*），里面充满着天真的空气，是一本儿童文学的杰作。可见确然吃了智识的果，还是可以在乐园里逍遥到老。我们大家并不是个个人都像亚当先生那么不幸。

也许有人会说，这班诗人们的天真是装出来的，最少总有点做作的痕迹，不能像小孩子的天真那么浑脱自然，毫无机心。但是，我觉得小孩子的天真是靠不住的，好像个很脆的东西，经不起现实的接触；并且当他们才发现出人情的险诈同世路的崎岖的时候，他们会非常震惊，因此神经过敏地以为世上除开计较得失利害外是没有别的东西的、柔嫩的心，或者就这么麻木下去，变成个所谓值得父兄赞美的少年老成人了。他们从前的天真是出于无知，值不得什么赞美的，更值不得我们欣羡。桌子是个一无所知的东西，它既不晓得骗人，更不会去骗人，为什么我们不

[1] 今译斯威夫特（1667—1745），十八世纪英国著名的讽刺作家和政治家。

[2] 可译为《致斯苔腊的书信集》，作者斯威夫特。

[3] 斯威夫特最著名的文学作品，寓言小说《格列佛游记》。

[4] 今译斯蒂文森（Robert Louis Stevenson），英国作家。也是《新天方夜谭》和《金银岛》的作者。

去颂扬桌子的天真呢？小孩子的天真跟桌子的天真并没有多大的分别。至于那班已坠世网的人们的天真就大不同了。他们阅历尽人世间的纷扰，经过了许多得失哀乐，因为看穿了鸡虫得失的无谓，又知道在太阳底下是难逢笑口的，所以肯将一切利害的观念丢开，来任口说去，任性做去，任情去欣赏自然界的快乐。他们以为这样子痛快地活着才是值得的。他们把机心看做无谓的虚耗，自然而然会走到忘机的境界了。他们的天真可以说是被经验锻炼过了，仿佛像在八卦炉里蹲过，做成了火眼金睛的孙悟空。人世的波涛再也不能将他们的天真卷去，他们真是“世路如今已惯，此心到处悠然”！这种悠然的心境既然成为习惯，习惯又成天然，所以他们的天真也是浑脱一气，没有刀笔的痕迹的。这个建在理智上面的天真绝非无知的天真所可比拟的，从无知的天真走到这个超然物外的天真，这就全靠着个人的生活艺术了。

忽然记起我自己去年的生活了，那时我同G常作长夜之谈。有一晚电灯灭后，蜡烛上时，我们搓着睡眼，重新燃起一斗烟来，就谈着年轻人所最爱谈的题目——理想的女人。我们不约而同地说道最可爱的女子是像卖解、女优、歌女等这班风尘人物里面的痴心人。她们流落半生，看透了一切世态，学会了万般敷衍的办法，跟人们好似是绝不会有情的，可是若使她们真真爱上了一个情人，她们的爱情比一般的女子是强万万倍的。她们不像没有跟男子接触过的女子那样盲目，口是心非的甜言蜜语骗不了她们，暗地皱眉的热烈接吻瞒不过她们的慧眼，她们一定要得到了个一往情深的爱人，才肯来永不移情地心心相托。她们对于爱人所以会这么苛求，全因为她们自己是恳挚万分。至于那班没有经验的女子，她们常常只听到几句无聊的卿卿我我，就以为是了不得了，她们的爱情轻易地结下，将来也就轻易地勾销，这哪里可以算做生生死死的深情？不出闺门的女子只有无知，很难有颠扑不破的天真，同由世故的熔炉里铸炼出来的热情。数十年来我们把女子关在深闺里，不给她们一个得到经验的机会，既然没有经验来锻炼，她们当然不容易有个强毅的性格，我们又来怪她们的杨花水性，说了许多浑话，这真是太冤枉了。我们把无知误解成天真，不晓得从经验里突围而出的天真才是可贵的，因此上造了这九州大错，这又要怪谁呢？

没有尝过劳苦的人们是不懂得安逸的好处的，没有感到人生的寂寞的人们是不能了解爱的价值的，同样地未曾有过经验的孺子是不知道天真之可贵的。小孩子一味天真，糊糊涂涂地过日，对于天真未曾加以认识，所以不能做出天真的诗歌来，笨大的爸爸们尝遍了各种滋味，然后再洗涤俗虑，用锻炼过后的赤子之心来写诗歌，却做出最可喜的儿童文学，在这点上就可以看出人世的经验对于我们是最有益的东西了。老年人所以会和蔼可亲也是因为他们受过了经验的洗礼。必定要对于人世上万物万事全看淡了，然后对于一二件东西的留恋才会倍见真挚动人。宋诗里常有这种意境。欧阳永叔[1]的“棋罢不知人换世，酒阑无奈客思家”，同苏长公[2]的“存亡惯见浑无泪，乡井难忘尚有心”，全能够表现出这种依依的心情。虽然把人世存亡全置之度外，漠然不动于衷，但是对于客子的思家同自己的乡愁仍然是有些牵情。这

[1] 指欧阳修（1007—1072年），字永叔，自号醉翁，晚年号六一居士，谥号文忠，世称欧阳文忠公。北宋时期政治家、文学家、史学家和诗人。

[2] 指苏轼（1037—1101），又名苏东坡，字子瞻，又字和仲，号“东坡居士”。北宋著名文学家、书画家、诗人、词人。

种怅惘的情怀是多么清新可喜，我们读起来觉得比处处留情的才子们的滥情是高明得多，这全因为他们的情绪受过了一次蒸馏。从经验里出来的天真会那么带着诗情也是为着同样的缘故。

蔼里斯[1]在他的杰作《性的心理的研究》第六卷里说道："就说我们承认看着裸体会激动了热情，这个激动还是好的，因为它引起我们的一种良好习惯——自制。为着恐怕有些东西对于我们会有引诱的能力，就赶紧跑到沙漠去住，这也可以说是一种可怜的道德了。我们应当知道在文化当中故意去创造出一个沙漠来包围自己，这种举动是比别的要更坏得多了。我们无法去丢热情，即使我们有这个决心；何尔巴哈[2]说得好，理智是教人这样拣择正当的热情，教育是教人们怎样把正当的热情种植培养在人心里面。观看裸体有一个精神上的价值，那可以教我们学会去欣赏我们没有占有着的东西，这个教训是一切良好的社会生活的重要预备训练：小孩子应当学到看见花，而不想去采它；男人应当学到看见一个女人的美，而不想去占有她。"我们所说的天真常是躲在沙漠里，远隔人世的引诱这类的天真。经验陶冶后的天真是见花不采，看到美丽的女人，不动枕席之念的天真。

人世是这么百怪千奇，人命是这样生死未卜，这个千载一时的看世界机会实在不容错过，绝不可误解了天真意味，把好好的人儿囚禁起来，使他草草地过了一生，并没有尝到做人的意味，而且也不懂得天真的真意了。这种活埋的方法绝非上帝造人的本意，上帝是总有一天会跟这班刽子手算账的。我们还是别当刽子手好吧，何苦手上染着女人、小孩子的血呢！

---

[1] 今译埃利斯。

[2] 今译费尔巴哈（1804—1872），德国唯物主义哲学家。

途 中

今天是个潇洒的秋天，飘着零雨，我坐在电车里，看到沿途店里的伙计们差不多都是懒洋洋地在那里谈天，看报，喝茶——喝茶的尤其多，因为今天实在有点冷起来了。还有些只是倚着柜头，望望天色。总之，纷纷扰扰的十里洋场顿然现出闲暇悠然的气概，高楼大厦的商店好像都化做三间两舍的隐庐，里面那班平常替老板挣钱，向主顾赔笑的伙计们也居然感到了生活余裕的乐处，正在拉闲扯散地过日，仿佛全是古之隐君子了。路上的行人也只是稀稀的几个，连坐在电车里面上银行去办事的洋鬼子们也燃着烟斗，无聊赖地看报上的广告，平时的燥气全消，这大概是那件雨衣的效力吧！到了北站，换上去西乡的公共汽车，雨中的秋之田野是别有一种风味的。外面的蒙蒙细雨是看不见的，看得见的只是车窗上不断来临的小雨点，同河面上错杂得可喜的纤纤雨脚。此外还有粉般的小雨点从破了的玻璃窗进来，栖止在我的脸上。我虽然有些寒战，但是受了雨水的洗礼，精神变成格外的清醒。已撄世网、醉生梦死久矣的我，真不容易有这么清醒，这么气爽。再看外面的景色，既没有像春天那娇艳得使人们感到它的不能久留，也不像冬天那样树枯草死，好似世界是快毁灭了，却只是静默默的，一层轻轻的雨雾若隐若现地盖着，把大地美化了许多，我不禁微吟着乡前辈姜白石[1]的诗句，真是“人生难得秋前雨”！忽然想到今天早上她皱着眉头说道：“这样凄风苦雨的天气，你也得跑那么远的路程，这真可厌呀！”我暗暗地微笑。她哪里晓得我正在凭窗赏玩沿途的风光呢？她或者以为我现在必定是哭丧着脸，像个到刑场的死囚，万不会想到我正流连着这叶尚未凋、草已添黄的秋景。同情是难得的，就是错误的同情也是无妨，所以我就让她老是这样可怜着我的仆仆风尘吧；并且有时我有什么逆意的事情，脸上露出不豫的颜色，可以借路中的辛苦来遮掩，免得她一再追究，最后说出真话，使她平添了无数的愁绪。

其实我是个最喜欢在十丈红尘里奔走道路的人。我现在每天在路上的时间差不多总在两点钟以上，这是已经有好几个月了，我却一点也不生厌，天天走上电车，老是好像开始蜜月旅行一样。电车上和道路上的人们彼此多半是不相识的，所以大家都不大拿出假面孔来，比不得讲堂里、宴会上、衙门里的人们那样，彼此拼命地一味敷衍。公园、影戏院、游戏场、馆子里面的来客，个个都是眉花眼笑的，最少也装出那么样子；墓地、法庭、医院、药店的主顾，全是眉头皱了几十纹的，这两下都未免太单调了，使我们感到人世的平庸无味。车子里面和路上的人们却具有万般色相，你坐在车里，只要你睁大眼睛不停地观察三十分钟，你差不多可以在所见的人们脸上看出人世一切的苦乐感觉同人心的种

[1] 姜夔（约1155—1221），号白石道人，南宋著名词人。

种情调。你坐在位子上默默地鉴赏，同车的客人们老实地让你从他们的形色举止上去推测他们的生平同当下的心境；外面的行人一一现你眼前，你尽可恣意瞧着，他们并不会晓得，而且他们是这么不断地接连走过，你很可以拿他们来彼此比较。这种普通人的行列的确是比什么赛会都有趣得多，路上源源不绝的行人可以说是上帝设计的赛会，当然胜过了我们佳节时红红绿绿的玩意儿了。并且在路途中我们的心境是最宜于静观的，最能吸收外界的刺激的。我们通常总是有事干，正经事也好，歪事也好，我们的注意免不了特别集中在一点上；只有路途中，尤其走熟了的长路，在未到目的地以前，我们的方寸是悠然的，不专注于一物，却是无所不留神的，在匆匆忙忙的一生里，我们此时才得好好地看一看人生的真况。所以无论从哪一方面说起，途中是认识人生最方便的地方。车中、船上同人行道，可以说是人生博览会的三张入场券，可惜许多人把它们当做废纸，空走了一生的路。我们有一句古话："读万卷书，行万里路。"所谓"行万里路"自然是指走遍名山大川、通都大邑，但是我觉换一个解释也是可以的。一条路你来往走了几万遍，凑成了万里这个数目，只要你真用了你的眼睛，你就可以算是懂得人生的人了。俗语说道："秀才不出门，能知天下事。"我们不幸未得入泮[1]，只好多走些路，来见见世面吧！对于人生有了清澈的观照，世上的荣辱祸福不足以扰乱内心的恬静，我们的心灵因此可以获到永久的自由，可见个个的路都是到自由的路，并不限于罗素先生所钦定的；所怕的就是

[1] 古代将中秀才成为"入泮"。

面壁参禅、目不窥路的人们，他们自甘沦落，不肯上路，的确是无法可办。读书是间接地去了解人生，走路是直接地去了解人生，一落言诠，便非真谛，所以我觉得万卷书可以搁开不念，万里路非放步走去不可。

了解自然，便是非走路不可。但是我觉得有意的旅行倒不如通常的走路那样能与自然更见亲密。旅行的人们心中只惦着他的目的地，精神是紧张的。实在不宜于裕然地接受自然的美景。并且天下的风光是活的，并不拘于一谷一溪，一洞一岩，旅行的人们所看的却多半是这些名闻四海的死景，人人莫名其妙地照例赞美的胜地。旅行的人们也只得依样葫芦一番，做了万古不移的传统的奴隶。这又何苦呢？并且只有自己发现出的美景对着我们才会有贴心的亲切感觉，才会感动了整个心灵，而这些好景却大抵是得之偶然的，绝不能强求。所以有时因公外出，在火车中所瞥见的田舍风光会深印在我们的心坎里，而花了盘川、告了病假去赏玩的名胜，倒只是如烟如雾地浮动在记忆的海里。今年的春天同秋天，我都去了一趟杭州，每天不是坐在划子里听着舟子的调度，就是跑山，恭敬地聆着车夫的命令；一本薄薄的指南隐隐地含有无上的威权，等到把所谓胜景一一领略过了，重上火车，我的心好似去了重担。当我再继续过着我通常的机械生活，天天自由地东瞧西看，再也不怕受了舟子、车夫、游侣的责备，再也没有什么应该非看不可的东西，我真快乐得几乎发狂。西泠的景色自然是渐渐消失得无影无迹，可惜消失得太慢，起先还做了我几个噩梦的背境。当我梦到无私的车夫，带我走着崎岖难行的宝石山或者光滑不能住足的往龙

井的石路，不管我怎样求免，总是要迫我去看烟霞洞的烟霞同龙井的龙角。谢谢上帝，西湖已经不再浮现在我的梦中了。而我生平所最赏心的许多美景是从到西乡的公共汽车的玻璃窗得来的。我坐在车里，任它一上一下，一左一右地跳荡，看着老看不完的十八世纪长篇小说，有时闭着书随便望一望外面天气，忽然觉得青翠迎人，遍地散着香花，晴天现出不可描摹的蓝色。我顿然感到春天已到大地，这时我真是神魂飞在九霄云外了。再去细看一下，好景早已过去，剩下的是闸北污秽的街道，明天再走到原地，一切虽然仍旧，总觉得有所不足，与昨天是不同的，于是乎那天的景色永留在我的心里。甜蜜的东西看得太久了也会厌烦，真真的好景都该这样一瞬即逝，永不重来。婚姻制度的最大毛病也就是在于日夕聚首：将一切好处都因为太熟而化成坏处了。此外，在狂热的夏天、风雪载途的冬季，我也常常出乎意料地获到不可名言的妙境，滋润着我的心田。会心不远，真是陆放翁[1]所谓的“何处楼台无月明”。自己培养有一个易感的心境，那么走路的确是了解自然的捷径。

“行”不单是可以使我们清澈地了解人生同自然，它自身又是带有诗意的，最浪漫不过的。雨雪霏霏，杨柳依依，这些境界只有行人才有福享受的。许多奇情逸事也都是靠着几个人的漫游而产生的。《西游记》《镜花缘》《老残游记》，Cervantes 的《吉诃德先生》[2]（*Don Quix-ote*），Swift 的

[1] 指陆游（1125—1210），字务观，号放翁，南宋诗人、词人。

[2] 《吉诃德先生》，今常译为《堂吉诃德》，作者塞万提斯是西班牙著名小说家、戏剧家、诗人。

《海外轩渠录》[1]（*Gulliver's Travels*），Bunyan 的《天路历程》[2]（*Pilgrim's Progress*），Cowper 的《痴汉骑马歌》[3]（*John Gilpin*），Dickens 的 *Pickwick Papers*[4]，Byron 的 *Childe Harold's Pilgrimage*[5]，Fielding 的 *Joseph Andrews*[6]，Gogols 的 *Dead Souls*[7] 等不可一世的杰作，没有一个不是以“行”为骨子的，所说的全是途中的一切，我觉得文学的浪漫题材在爱情以外，就要数到“行”了。陆放翁是个豪爽不羁的诗人，而他最出色的杰作却是那些纪行的七言。我们随便抄下两首，来代我们说出“行”的浪漫性吧！

剑南道中遇微雨

衣上征尘杂酒痕，远游无处不销魂，

此身合是诗人未，细雨骑驴入剑门。

---

[1] 指的是斯威夫特的《格列佛游记》。

[2] 《天路历程》作者是英国清教徒、传道士班扬。这部书是他在狱中所作的寓言式讽喻小说。

[3] 今译《约翰·吉尔平》，作者是柯珀。

[4] 指狄更斯的《匹克威克外传》。

[5] 《恰尔德·哈罗尔德游记》，是拜伦的一首长诗，也是他的成名之作。

[6] 《约瑟夫·安德鲁斯》，作者菲尔丁（1707—1754），英国小说家。这是一部模仿塞万提斯的《堂吉诃德》的风格，写的一部关于冒险的小说。

[7] 指果戈理的《死魂灵》。

南定楼遇急雨

行遍梁州到益州，今年又作度泸游，
江山重复争供眼，风雨纵横乱入楼，
人语朱离逢峒獠，棹歌欸乃下吴州，
天涯住稳归心懒，登览茫然却欲愁。

因为“行”是这么会勾起含有诗意的情绪的，所以我们从“行”可以得到极愉快的精神快乐，因此“行”是解闷消愁的最好法子。濒临自杀的失恋人常常能够从漫游得到安慰，我们有时心境染上凄迷的色调，散步一下，也可以解去不少的忧愁。Hawthorne[1] 同 Edgar Allen Poe[2] 最爱描状一个心里感到空虚的悲哀的人，不停地在城里的各条街道上回复地走了又走，以(希)冀对于心灵的饥饿能够暂时忘却。Dostoievsky[3] 的《罪与罚》里面的 Raskolnikov[4] 犯了杀人罪之后，也是无目的到处乱走，仿佛走了一下，会减轻了他心中的重压。甚至于有些人对于“行”具有绝大的趣味，把别的趣味一齐压下了，Stevenson[5] 的《流浪汉之歌》就表现出这样的一个人物，他在最后一段里说道：“财富我不要；希望，爱情，知己的朋友，我也不要；我所要的只是

[1] 霍桑（1804—1864），美国小说家。

[2] 爱伦·坡（1809—1849），英国著名诗人、小说家、文艺批评家。

[3] 陀思妥耶夫斯基（Фёдор Михайлович Достоéвский，1821—1881），是俄国文学的卓越代表，与列夫·托尔斯泰、屠格涅夫等人齐名。

[4] 拉斯科尔尼柯夫，陀思妥耶夫斯基的代表作《罪与罚》中的人物。

[5] 斯蒂文森。

上面的青天同脚下的道路。”

Wealth I ask not, hope nor love,
Nor a friend to know me;
All I ask, the heaven above
And the road below me.

Walt Whitman[1] 也是一个歌颂行路的诗人，他的《大路之歌》真是“行”的绝妙赞美诗，我就引他开头的雄浑诗句来做这段的结束吧！

A foot and light-hearted I take to the open road,
Healthy, free, the world before me,
The long brown path before me leading wherever I choose.[2]

我们从摇篮到坟墓也不过是一条道路，当我们正寝以前，我们可以说是老在途中。途中自然有许多的辛苦，然而四围的风光和同路的旅人都是极有趣的，值得我们跋涉这程路来细细地鉴赏。除开这条悠长的道路外，我们并没有别的目的地，走完了这

---

[1] 惠特曼（1810/1819？—1892），美国诗人。

[2] 根据《大路之歌》的译本，这一段可译为：“我轻松愉快地走上大路；我健康，我自由，整个世界展开在我的面前；漫长的黄土道路可引我到想去的地方。”

段征程，我们也走出了这个世界，重回到起点的地方了。科学家说我们就归于毁灭了，再也不能重走上这段路途；主张灵魂不灭的人们以为来日方长，这条路我们还能够一再重走了几千万遍。将来的事，谁去管它，也许这条路有一天也归于毁灭，我们还是今天有路今天走吧，最要紧的是不要闭着眼睛，朦朦[1]一生，始终没有看到世界。

[1] 作者在讲本文收入《泪与笑》时，将原文的“草草”改为了“朦朦”。

破晓

今天破晓酒醒时候，我忽然忆起前晚上他向我提过“空持罗带，回首恨依依”[1]这两句词，仿佛前宵酒后曾有许多感触。宿酒尚未全醒的我，就闭着眼睛暗暗地追踪那时思想的痕迹。底下所写下来的就是还逗留在心中的一些零碎。也许有人会拿心理分析的眼光含讥地来解剖这些杂感，认为是变态的，甚至于低能的、心理的表现，可是我总是十分喜欢它们。因为我爱自己，爱这个自己厌恶着的自己，所以我爱我自己心里流出、笔下写出的文字，尤其爱自己醒时流泪、醉时歌这两种情怀凑合成的东西。而且以善于写信给学生家长，而荣膺大学校长的许多美国大学校长，和单知道立身处世、唯利是图的佛兰克林[2]式的人物，虽然都是神经健全，最合于常态心理的人们，却难免使甘于堕落的有志之士恶心。

“空持罗带，回首恨依依”，这真是我们这一班人天天尝着的滋味。无数黄金的希望失掉了，只剩下希望的影子，作此

[1] 这是南唐后主李煜的《临江仙》末尾的两句。

[2] 可能指的是富兰克林。

刻怅惘的资料。此刻又弄出许多幻梦，几乎是明知道不能实现的幻梦，那又是将来回首时许多感慨之所系。于是乎，天天在心里建起七宝楼台，天天又看到前天架起的灿烂的建筑物消失在云雾里，化做命运的狞笑，仿佛《亚俪丝异乡游记》[1]里所说的空中里一个猫的笑脸。可是我们心里又晓得命运是自己的，某一位文豪早已说过，“性格是命运”了！不管我们怎样似乎坦白地向朋友们，向自己痛骂自己的无能和懦弱，可是对于这个几十年来寸步不离、形影相依的自己，怎能说没有怜惜？所以只好抓着空气，捏成一个莫名其妙的命运，把天下地上的一切可杀不可留的事情全归诿在他（照希腊神话说，应当称为她们[2]）的身上，自己清风朗月般在旁学泼妇的骂街。屠格涅夫在他的某一篇小说里不是说过：Destiny makes everyman, and everyman makes his own destiny.（命运定了一切人，然而一切人能够定他自己的命运。）

屠格涅夫，这位旅居巴黎，后来害了谁也不知道的病死去的老文人，从前我对他很赞美，后来却有些失望了。他是一个意志薄弱的人，他最爱用微酸的笔调来描绘意志薄弱的人，我却也是个意志薄弱的人，也常在玩弄或者吐唾自己这种心性，所以我对于他的小说深有同感，然而太相近了。书上的字，自己心里的意思，颠来倒去无非意志薄弱这个概念，也未免太单调，所

[1] 今译《爱丽丝漫游奇境记》，是世界最受欢迎的童话之一。作者是卡罗尔（1832—1898），英国著名数学家。

[2] 在希腊神话中，掌管命运的是位女神，名字叫做堤喀，后来混同于罗马宗教信奉的掌管时运的女神福尔图娜。

以我已经和他久违了。他在年轻时候曾跟一个农奴的女儿发生一段爱情，好像还产有一位千金，后来却各自西东了，他小说里也常写这一类“飞鸿踏雪泥”式的恋爱，我不幸得很或者幸得很却未曾有过这么一回事，所以有时倒觉得这个题材很可喜。这也是我近来又翻翻几本破旧尘封的他的小说集的动机。这几天偷闲读屠格涅夫，无意中却有个大发现，我对于他的敬慕也重新燃起来了。屠格涅夫所深恶的人是那班成功的人，他觉得他们都是很无味的庸人，而那班从娘胎里带来一种一事无成的性格的人们却多少总带些诗的情调。他在小说里凡是说到得意的人们时，常现出藐视的微笑和嘲侃的口吻，这真是他独到的地方！他用歌颂英雄的心情来歌颂弱者，使弱者变为他书里唯一的英雄，我觉得他这种态度是比单描写弱者性格，和同情于弱者的作家是更别致，更有趣得多。实在说起来，值得我们可怜的绝不是一败涂地的，却是事事马到功成的所谓幸运的人们。

人们做事情怎么会成功呢？他必定先要暂时跟人世间一切别的事物绝缘，专心致志去干目前的勾当。那么，他进行得愈顺利，他对于其他千奇百怪的东西越离得远，渐渐对于这许多有意思的玩意儿感觉迟钝了，最后逃不了个完全麻木。若使当他干事情时，他还是那样子处处关心，事事牵情，一曝十寒地做去，他当然不能够有什么大成就，可是他保存了他的趣味，他没有变成个只能对于一个刺激生出反应的残缺的人。有一位批评家说“第一流诗人是不作诗的”，这是极有道理的话。他们从一切目前的东西和心里的想象得到无限诗料，自己完全浸在诗的空气里，鉴赏之不暇，哪里还有找韵脚和配轻重音的时间呢？人们在刺心的悲哀里时是不会做悲歌的，Tennyson[1]的*In Memoriam*[2]是在他朋友死后三年才动笔的。一生都沉醉于诗情中的绝代诗人自然不能写出一句的诗来。感觉钝迟是成功的代价，许多扬名显亲的大人物所以常是体广身胖，头肥脑满，也是出于心灵的空虚，无忧无虑麻木地过日。归根说起来，他们就是那么一堆肉而已。

人们对于自己的功绩常是戴上一重放大镜。他不单是只看到这个东西，瞧不见春天的花草和街上的美女，他简直是攒到他的对象里面去了。也可以说他太走近他的对象，冷不防地给他的对象一口吞下。近代人是成功的科学家，可是我们此刻个个都做了机械的奴隶，这件事聪明的Samuel Butler[3]六十年前已经屈指算出，在他的杰作《虚无乡》（*Erewhon*）里慨然言之矣。崇拜偶像的上古人自己做出偶像来跟自己打麻烦，我们这班聪明的、知道科学的人们都觉得那班老实人真可笑，然而我们费尽心机发明出机械，此刻它们翻脸无情，踏着铁轮来蹂躏我们了。后之视今，犹今之视昔，真不知道将来的人们对于我们的机械会作何感想，这是假设机械没有将人类弄得覆灭，人生这幕喜剧的悲剧还继续演着的话。总之，人生是多方面的，成功的人将自己的十分之九杀死，为的是要让那一方面尽量发展，结果是尾大不掉，虽生犹死，失掉了人性，变做世上一两件极微小的事物的祭品了。

世界里什么事一达到圆满的地位就是死刑的宣告。人们一

[1] 丁尼生（1809—1892），英国十九世纪的著名诗人。

[2] 可译为《悼念》，这是丁尼生给他的好友、著名诗人阿瑟·哈勒姆创作的挽歌集。

[3] 指勃特勒，后文中的提到的《虚无乡》，也译为《埃瑞洪》，是乌托邦的意思。这部书是继《格列佛游记》之后的一部幻想游记小说。

切的痴望也是如此，心愿当真实现时一定不如蕴在心头时那么可喜。一件美的东西的告成就是一个幻觉的破灭，一场好梦的勾销。若使我们在世上无往而不如意，恐怕我们会烦闷得自杀了。逍遥自在的神仙的确是比监狱中终身监禁的犯人还苦得多。闭在黑暗房里的囚犯还能做些梦消遣，神仙们什么事一想立刻就成功，简直没有做梦的可能了。所以失败是幻梦的保守者，怅惘是梦的结晶，是最愉快的洒下甘露的情绪。我们做人无非为着多做些依依的心怀，才能逃开现实的压迫，剩些青春的想头，来滋润这将干枯的心灵。成功的人们劳碌一生最后的收获是一个空虚，一种极无聊赖的感觉，厌倦于一切的胸怀。在这本无目的的人生里，若使我们一定要找一个目的来磨折自己，那么最好的目的是制作“空持罗带，回首恨依依”的心境。

她走了

她走了，走出这古城，也许就这样子永远走出我的生命了。她本是我生命源泉的中心里的一朵小花，她的根总是种在我生命的深处，然而此后我也许再也见不到那隐有说不出的哀怨的脸容了。这也可以说我的生命的大部分已经从我生命里消逝了。

两年前我的懦怯使我将这朵花从心上轻轻摘下。（世上一切残酷大胆的事情总是懦怯弄出来的，许多自杀的弱者，都是因为起先太顾惜生命了，生命果然是安稳地保存着，但是自己又不得不把它扔掉。弱者只怕失败，终免不了一个失败，天天兜着这个圈子，兜的回数愈多，也愈离不开这圈子了！）——两年前我的懦怯使我将这朵小花从心上摘下，花叶上沾着几滴我的心血，它的根当然还在我心里，我的血就天天从这折断处涌出，化成脓了。所以这两年来我的心里的贫血症是一年深似一年了。今天这朵小花，上面还濡染着我的血，却要随着江水——清流乎？浊流乎？天知道！——流去，我就这么无能为力地站在岸上，这么心里狂涌出鲜红的血。

“谁道人生无再少，门前流水尚能西。”但是我凄惨地相信，西来的弱水绝不是东去的逝波。否则，我愿意立刻化做牛屎满面的石板在溪旁等候那万万年后的某一天。

她走之前，我向她扯了多少瞒天的大谎呀！但是我的鲜血都把它们染成为真实了。还没有涌上心头时是个谎话，一经心血的洗礼，却变做真实的真实了。我现在认为这是我心血唯一的用处。若使她知道个个谎都是从我心房里榨出，不像那信口开河的真话，她一定不让我这样不断地扯谎着。我将我生命的精华搜集在一起，全放在这些谎话里面，掷在她的脚旁，于是乎我现在剩下来的只是这堆渣滓，这个永远是渣滓的自己。我好比一根火柴，跟着她已经擦出一朵神奇的火花了。此后的岁月只消磨于躺在地板上做根腐朽的木屑罢了！人们践踏又何妨呢？“推枰犹恋全输局”，我已经把我的一生推在一旁了，而且丝毫也不留恋着。

她劝我此后还是少抽烟，少喝酒，早些睡觉，我听着心里欢喜得正如破晓的枝头弄舌的黄雀。我不是高兴她这么挂念着我，那是用不着证明的，也是言语所不能证明的，我狂欢的理由是我看出她以为我生命还未全行枯萎，尚有留恋自己生命的可能，所以她进言的时期还没有完全过去；否则，她还用得着说这些话吗？我捧着这血迹模糊的心求上帝，希望她永久保留有这个幻觉。我此后不敢不多喝酒，多抽烟，迟些睡觉，表示我的生命力尚未全尽，还有心情来扮个颓丧者，因此使她的幻觉不全是个幻觉。虽然我也许不能再见她的倩影了，但是我却有些迷信，只怕她靠着直觉能够看到数千里外的我的生活情形。

她走这之前，她老是默默地听我的忏情的话，她怎能说什么呢？我怎能不说呢？但是她的含意难伸的形容向我诉出这十几年来她辛酸的经验，悲哀已爬到她的眉梢同她的眼睛里去了，她还用得着言语吗？她那轻脆的笑声是她沉痛的心弦上弹出的绝调，她那欲泪的神情传尽人世间的苦痛，她使我凛然起敬，我觉得无限的惭愧，只好滤些清净的心血，凝成几句的谎言。天使般的你呀！我深深地明白你会原宥，我从你的原宥我得到我这个人唯一的价值。你对我说，“女子多半都是心地极褊狭的，顶不会容人的，我却是心地最宽大的”。你这句自白做了我黑暗的心灵的闪光。

我真认识你吗？真走到你心窝的隐处吗？我绝不这样自问，我知道在我不敢讲的那个字的立场里，那个字就是唯一的认识。心心相契的人们哪里用得着知道彼此的姓名和家世。

你走了，我生命的弦戛然一声全断了，你听见了没有？

写这篇东西时，开头是用“她”字，但是有几次总误写做“你”字，后来就任情地写“你”字了。仿佛这些话迟早免不了被你瞧见，命运的手支配着我的手来写这篇文字，我又有什么办法哩！[1]

[1] 这段落款和之后的一段附言，在作者将它收入《泪与笑》时删削了。原文如下：“今天把昨夜写的重读一遍，觉得还没有说出我千万分之一的情绪，此后恐怕还免不了再写几篇这类的文字，我将自个的心灵搓碎，化成这区区几万字，也许会博读者的一粲吧！”

苦笑

你走了，我却没有送你。我那天不是对你说过，我不去送你吗？送你只添了你的伤心，我的伤心，不送许倒可以使你在匆忙之中暂时遗忘了你所永不能遗忘的我，也可以使我存了一点儿濒于绝望的希望，那时你也许还没有离开这古城。我现在一走出家门，就尽我的眼力望着来往街上远远近近的女子，看一看里面有没有你。在我眼里天下女子可分两大类，一是“你”，一是“非你”。一切的女子，不管村俏老少，对于我都失掉了意义，她们唯一的特征就在于“不是你”这一点，此外我看不出她们有什么分别。在Fichte[1]的哲学里，世界是分做ego和non-ego[2]两部分，在我的宇宙里，只有you和non-you[3]两部分。我憎恶一切人，我憎恶自己，因为这一切都不是你，都是我所不愿意碰到的。所以我虽然睁着眼睛，我却是个盲人，我什么也不能看见，因为凡是“不是你”的东西都是我所不肯瞧的。

[1] 费希特（1762—1814），唯心主义哲学的代表人物之一。

[2] 可翻译为“自我和非我”。

[3] 这里是“你和非你”的意思。

我现在极喜欢在街上流荡，因为心里老想着也许会遇到你的影子，我现在觉得再有一瞥，我就可在回忆里度过一生了。在我最后见到你以前，我已经觉得一瞥就可以做成我的永生了，但是见了你之后，我仍然觉得还差了一瞥，仍然深信再一瞥就够了。你总是这么可爱，这么像孙悟空用绳子拿着银角大王的心肝一样，抓着我的心儿。我对于你只有无穷的刻刻的愿望，我早已失掉我的理性了。

你走之后，我变得和气得多了，我对于生人老是这么嘻嘻哈哈敷衍着，对于知己的朋友老是这么露骨地乱谈着，我的心已经随着你的衣缘飘到南方去了，剩下来的空壳怎么会不空心地笑着呢？然而，狂笑乱谈后心灵的沉寂，随和凑趣后的凄凉，这只有你知道呀！我深信你是饱尝过人世间辛苦的人，你已具有看透人生的眼力了。所以你对于人生取这么通俗的态度，这么用客套来敷衍我。你是深于忧患的，你知道客套是一切灵魂相接触的缓冲地，所以你拿这许多客套来应酬我，希冀我能够因此忘记我的悲哀，和我们以前的种种。你的装成无情正是你的多情，你的冷酷正是你的仁爱，你真是客套得使我太感到你的热情了。

今晚我醉了，醉得几乎不知道我自己的姓名。但是一杯一杯的酒使我从不大和我相干的事情里逃出，使我认识了有许多东西实在不是属于我的。比如我的衣服，那是如是容易破烂的；比如我的脸孔，那是如是容易变得更消瘦，换一个样子，但是在每杯斟到杯缘的酒杯底我一再见到你的笑容，你的苦笑，那好像一个人站在悬岩边际，将跳下前一刹那的微笑。一杯一杯干下去，你的苦笑一下一下沉到我心里。我也现出苦笑的脸孔了，也参到你的人生妙诀了。做人就是这样子苦笑地站着，随着地球向太空无日的地狂奔，此外并无别的意义。你从生活里得到这么一个教训，你还它以暗淡的冷笑，我现在也是这样了。

你的心死了，死得跟通常所谓成功的人的心一样的麻木；我的心也死了，死得恍惚世界已返于原始的黑暗了。两个死的心再连在一起有什么意义呢？苦痛使我们灰心，把我们的心化做再燃不着的灰烬，这真是“哀莫大于心死”！所以我们是已经失掉了生的意志和爱的能力了，“希望”早葬在坟墓之中了，就说将来会实现也不过是僵尸而已矣。

年纪总算轻轻，就这么万劫不复地结束，彼此也难免觉得惆怅吧！这么人不知鬼不觉地从生命的行列退出，当个若有若无的人，脸上还涌着红潮的你怎能甘心呢？因此你有时还发出挣扎着的呻吟，那是已堕陷阱的走兽最后的呼声。我却只有望着烟斗的烟雾凝想，想到以前可能、此刻绝难办到的事情。

今晚有一只虫，惭愧得很我不知道它叫做什么，在我耳边细吟，也许你也听到这类虫的声音吧！此刻我们居在地上听着，几百年后我们在地下听着，那有什么碍事呢，虫声总是这么可喜的。也许你此时还听不到虫声，却望着白浪滔天的大海微叹。你看见海上的波涛没有？来时多么雄壮，一会儿却消失得无影无踪，你我的事情也不过大海里的微波吧，也许上帝正凭栏远眺水平线上的苍茫山色，没有注意到我们的一起一伏，那时我们又何必如此夜郎自大，狂诉自个儿的悲哀呢？

坟

你走后，我夜夜真是睡得太熟了，夜里绝不醒来，而且未曾梦见过你一次，岂单是没有梦见你，简直什么梦都没有了。看看钟，已经快十点了，就擦一擦眼睛，躺在床上，立刻睡着。死尸一样地睡了九个钟头，这是我每夜的情形。你才走后，我偶然还涉遐思，但是渺茫地忆念一会儿，我立刻喝住自己，叫自己不要胡用心力，因为“想你”是罪过，可以说是对你犯一种罪。不该想而想，想我所不配想的人，这样行为在中古时代叫做“渎神”，在有皇冕的国家叫做“大不敬”。从前读Bury[1]的《思想自由史》，对于他开章那几句话已经很有些怀疑，他说“思想总是自由的”，所以我们普通所谓思想自由实在是指言论自由。其实思想何曾自由呢！天下个个人都有许多念头是自己不许自己去想的，我的不敢想你也是如此。然而，“不想你”也是罪过，对于自己的罪过。叫我自己不想你，去拿别的东西来敷衍自己的方寸，那真是等于命令自己将心儿从身里抓出，掷到垃圾堆中。所以为着面面俱圆起见，我只好什么也不想，让世上事物的浮光掠影随便出入我的灵

[1] 可能是英国著名的历史学家伯里（1861—1927）。

台，我的心就这么毫不自动地凄冷地呆着。失掉了生活力的心怎能够弄出幻梦呢？因此我夜夜都尝了死的意味，过个未寿终先入土的生活，那是爱伦·坡所喜欢的题材，那个有人说死在街头的爱伦·坡呀！那脸容是悲剧的结晶的爱伦·坡呀！

可是，我心里却也不是空无一物，里面有一座小坟。“小影心头葬”，你的影子已深埋在我心里的隐处了。上面当然也盖一座石坟，两旁的石头照例刻上“春秋多佳日，山水有清音”这副对联，坟上免不了栽几棵松柏。这是我现在的“心境”，的的确确的心境，并不是境由心造的。负上莫名其妙的重担，拖个微弱的身躯，蹒跚地在这沙漠上走着，这是世人共同的状态；但是心里还有一座石坟镇压得血脉不流，这可是我的专利。天天过坟墓中人的生活，心里却又有一座坟墓，正如广东人雕的象牙球，球里有球，多么玲珑呀！吾友沉海说过：“诉自己的悲哀，求人们给以同情，是等于叫花子露出胸前的创伤，请过路人施舍。”旨哉斯言！但是我对于我心里这个新冢颇有沾沾自喜的意思，认为这是我生命换来的艺术品，所以像Coleridge[1]诗里的古舟子那样牵着过路人，硬对他们说自己凄苦的心曲，甚至于不管他们是赴结婚喜宴的客人。

石坟上松柏的阴森影子遮住我一切年少的心情，“春秋多佳日”“山水有清音”，[2]这两句诗冷嘲地守在那儿。十年前第一次到乡下扫墓，见到这两句对于死人嘲侃的话，我模糊地感到后死者对于泉下同胞的残酷。自然是这么可爱，人生是这么好玩，良

[1] 柯尔律治（1772—1834），英国诗人和评论家。

[2] 这两句诗分属于陶潜的《移居》和左思的《招隐诗》。

辰美景，红袖青衫，枕石漱流，逍遥山水，这哪里是安慰那不能动弹的骷髅的话，简直是无缘无故的侮辱。现在我这座小坟上撒但[1]刻了这十个字，那是十朵有尖刺的蔷薇，这般娇艳，这般刻毒地刺人。所以我觉得这一座坟是很美的，因为天下美的东西都是使人们看着心酸的。

我没有那种欣欢的情绪去“长歌当哭”，更不会轻盈地捧着含些朝露的花儿，自觉忧愁得很动人怜爱地由人群走向坟前；我也用不着拿扇子去扇干那湿土，当然也不是一个背个铁锄想去偷坟的解剖学教授，我只是一个默默无言的守坟苍头而已。

[1] 今译撒旦。

黑暗

我们这班圆颅趾方的动物应当怎样分类呢？若使照颜色来分做黄种、黑种、白种、红种等等，那的确是难免于肤浅。若使打开族谱，分做什么，Aryan[1]，Semitic[2]等等，也是不彻底的，因为五万年前本一家。再加上人们对于他国女子的倾倒，常常为着要得到异乡情调，宁其冒许多麻烦，娶个和自己语言文字以及头发、眼睛的颜色绝不相同的女人，所以世界上的人们早已打成一片，无法来根据皮肤、颜色和人类系统来分类了。德国讽刺家Saphir[3]说：“天下人可以分做两种——有钱的人们和没有钱的人民。”这真是个好办法！但是他接着说道：“然而，没有钱的人们不能算做人——他们不是魔鬼——可怜的魔鬼，就是天使，有耐心的、安于贫穷的天使。”所以这位出语伤人的滑稽家的分类法也就根本推翻了。Charles Lamb[4]说：“照我们能建设的最好的

[1] 雅利安人。

[2] 闪米特人，也就是犹太人。

[3] 沙比尔（1884—1937），美国著名人类学家、语言学家。

[4] 指兰姆（1775—1834），英国著名散文家。

理论，人类是两种人构成的，‘向人借钱的人们’同‘借钱给人的人们’。”可是他真是太乐观了，他忘记了天下尚有一大堆毫无心肝的那班洁身自好的君子。他们怕人们向他们借钱，于是先立定主意永不向人们借钱，这样子人们也不好意思来启齿了：也许他们怕自己向别人借钱弄到亏空，于是先下个决心不借钱给别人，这样子自断自己借钱的路，当然会节俭了。总之，他们的心被钱压硬了，再也发不出同情的或豪放的跳动。钱虽然是万能，在这方面却不能做个良好的分类工具。我们只好向人们精神方面去找个分类标准。

夸大狂是人们的一种本性，人个个都喜欢用他自命特别具有的性质来做分类的标准。基督教徒认为世人只可以分做基督教徒和异教徒；道学家觉得人们最大的区别是名教中人和名教罪人；爱国主义者相信天下人可以黑白分明地归于爱国者和卖国贼这两类；“钟情自在我辈”的名士心里只把人们斫成两部分，一面是餐风饮露的名士，一面是令人作呕的俗物。这种唯我独尊的分类法完全出自主观，因为要把自己说得光荣些，就随便竖起一面纸糊的大旗，又糊好一面小旗偷偷地插在对面；于是乎拿起号角，向天下人宣布道这是世上的真正局面，一切芸芸苍生不是这边的好汉，就是那面的喽啰，自己就飞扬跋扈地站在大旗下傻笑着。这已经是够下流了。但是若是没有别的结果，只不过令人冷笑，那倒也是无妨的；最可怕的却是站在大旗下的人们总觉得自己是正宗，是配得站在世界上做人的，对面那班小鬼都是魔道，应该退出世界舞台的。因此认为自己该享到许多特权，那班敌人是该排斥、压迫、毁灭的。所以基督教徒就在中古时代演出教会审判

那幕惨凄的悲剧；道学家几千年来在中国把人们弄得这么奄奄一息，毫无“异端”的精神；爱国主义者吃了野心家的迷醉剂，推波助澜地做成“欧战”；而名士们一向是靠欺骗、奸滑为生，一面骂俗物，一面做俗物的寄生虫，养成中国历来文人只图小便宜的习气。这几个招牌变成他们的符咒，借此横行天下，发泄人类残酷的兽性。我们绝不能再拿这类招牌来惹祸了。

在上帝创造世界之前，宇宙是黑漆一团的，而世界的末日也一定是归于原始的黑暗，所以这个宇宙不过是两个黑暗中间的一星火花。但是这个世界仍然是充满了黑暗，黑暗可以说是人生核心，人生的态度也就是在乎怎样去处理这个黑暗。然而，世上有许多人根本不能认识黑暗，他们对于人生是绝无态度的，只有对于世人通常姿态的一种出于本能的模仿而已；他们没有尝到人生的本质——黑暗，所以他们是始终没有看清人生的，永远是影子般浮沉在世上。他们的哀乐都比别人轻，他们生活的内容也浅陋得很，他们真可一说“虽生之日犹死之年”。可是，他们占了世人的大部分，这也是几千年来天下所以如是纷纷的原因之一。

他们并非完全过着天鹅绒的生活，他们也遇过人生的坎坷，或者终身在人生的臼子里面被人磨舂着，但是他们不能了解什么叫做黑暗。天下有许多只会感到苦痛而绝不知悲哀的人们。当苦难压住他们的时候，他们本能地发出哀号，正如被打的猫狗那么嚷着一样。苦难一走开，他们又恢复日常无意识的生活状态了，一张折做两半的纸还没有那么容易失掉那折痕。有时甚至当苦痛还继续着的时候，他们已经因为和苦痛相熟而变麻木了。过去是立刻忘记了，将来是他们所不会推测的，现在的深刻意义又是他们所无法明白的，所以他们免不了莫名其妙地过日子。悲哀当然是没有的，但是也丢失了生命——充实的生命。他们没有高举生命之杯，痛饮一番，他们只是尝一尝杯缘的酒痕。有时在极悲哀的环境里，他们会如日常白痴地笑着，但是他们也不晓得什么是人生最快意的时候。他们始终没有走到生命里面去，只是生命向前的一个无聊的过客。他们在世上空尝了许多无谓的苦痛与比苦痛更无谓的微温快乐，他们其实不懂得生命是怎么一回事。真是深负“上天好生之德”！

有人以为志行高洁的理想主义者应当不知道世上一切龌龊的事体，应当不懂得世上有黑暗这个东西。这是再错不过的见解。只有深知黑暗的人们才会热烈地赞美光明。没有饿过的人不大晓得食饱的快乐，没有经过性的苦闷的小孩子很难了解性生活的意义。奥古斯丁、托尔斯泰都是走遍世上污秽的地方，才产生了后来一尘不沾的洁白情绪。不觉得黑暗的可怕，也就看不见光明的价值了。孙悟空没有在八卦炉中烧了六十四天，也无从得到那对洞观万物的火眼金睛了。所以天下最贞洁高尚的女性是娼妓。她们的一生埋在黑暗里面，但是有时谁也没有她们那么恋着光明。她们受尽人们的揶揄，历遍人间凄凉的情境，尝到一切辛酸的味道，若是她们的心还卓然自立，那么这颗心一定是满着同情与怜悯。她们抓到黑暗的核心，知道侮辱她们的人们也是受这个黑暗残杀着，她们怎么不会满心都是怜悯呢，当De Quincey[1]流落伦敦、彷徨无依的时候，街上下等的娼妓是他唯一的朋

[1] 德·昆西（1785—1859），英国著名散文家。

友，最纯洁的朋友。当朵斯妥夫斯基[1]的《罪与罚》里主要人物Raskolnikov[2]为着杀了人，万种情绪交哄胸中的时候，妓女Sonia[3]是唯一能够安慰他的人，和他同跪在床前念圣经，劝他自首。只有濯污泥者才能够纤尘不染。从黑暗里看到光明的人正同新罗曼主义者一样，他们受过写实主义的洗礼，认出人们心苗里的罗曼根源，这才是真真的罗曼主义。在这个糊涂世界里，我们非是先一笔勾销，再重新一一估定价值过不可，否则囫囵吞枣地随便加以可否，是猪八戒吃人参果的办法。没有夜，哪里有晨曦的光荣。正是风雨如晦的时候，鸡鸣不已才会那么有意义，那么有内容。不知黑暗、心地柔和的人们像未锻炼过的生铁，绝不能成光芒十丈的利剑。

但是了解黑暗也不是容易的事，想知道黑暗的人最少总得有个光明的心地。生来就盲目的，绝对不知道光明和黑暗的分别，因此也可以说不能了解黑暗了。说到这里，我们很可以应用柏拉图的穴居人的比喻。他们老住在穴中，从来没有看到过阳光，也不觉得自己是在阴森森的窟里。当他们才走出来的时候，他们羞光，一受到光明的洗礼，反而头晕目眩起来。这是可以解说历来人们对于新时代的恐怖，总是恋着旧时代的骸骨，因为那是和人们平常麻木的心境相宜的。但是当他们已惯于阳光了，他们一回去，就立刻深觉得窟里的黑暗、凄惨。人世的黑暗也正和这个窟穴一样，你必定瞧到了光明，才能晓得那是多么可怕的。诗人们

[1] 今译陀思妥耶夫斯基。

[2] 拉斯科尔尼柯夫，《罪与罚》中的贫困辍学大学生。

[3] 索尼娅，《罪与罚》中一个苦难的妓女。

所以觉得世界特别可悲伤的，也是出于他们天天都浴在洁白的阳光里。而绝不能了解人世光明方面的无聊小说家是无法了解黑暗的，虽然他们拼命写了许多所谓的黑幕小说。这类小说专讲怎样去利用人世的黑暗，却没有说到黑暗的本质。他们说的是技术，最可鄙的技术，并没有尝到人世黑暗的悲哀。所以他们除开刻板的几句世俗道德家的话外，绝无同情之可言。不晓得悲哀的人怎么会有同情呢？“人心险诈”这个黑暗是值得细味的，至于人心怎样子险诈，以及我们在世上该用哪种险诈手段才能达到目的，这些无聊的世故是不值得探讨的。然而那班所谓深知黑暗的人们却只知道玩弄这些小技，完全没有看到黑暗的真意义了。俄国文学家 Dostoievsky[1]，Gogol[2]，Chekhov[3] 等才配得上说是知道黑暗的人。他们也都是光明的歌颂者。当我们还无法结实地来把人们分类的时候，就将世人分做“知道黑暗的”和“不知道黑暗的”，也未始不是个好办法吧！最少我这十几年来在世网里挣扎着的时候对于人们总是用这点来分类，而且觉得这个标准可以指示出他们许多其他的性质。

[1] 陀思妥耶夫斯基（1821—1881），俄国文学家。

[2] 果戈理（1809—1852），俄国讽刺作家。

[3] 契诃夫（1960—1904），俄国作家。

毋忘草

一

Butler[1]和Stevenson[2]都主张我们应当衣袋里放一本小簿子，心里一涌出什么巧妙的念头，就把它抓住记下，免得将来逃得无影无踪。我一向不大赞成这个办法。一则，因为我总觉得文章是“妙手偶得之”的事情，不可刻意雕出，那大概免不了三分“匠”意。二则，既然记忆力那么坏，有了得意的意思又会忘却，那么一定也会忘记带那本子了，或者带了本子，没有带笔，结果还是一个忘却，倒不如安分些，让这些念头出入自由吧。这些都是壮年时候的心境。

近来人事纷扰，感慨比从前多，也忘得更快，最可恨的是不全忘却，留个影子，叫你想不出全部来觉得怪难过的。并且在人海的波涛里浮沉着，有时颇顾惜自己的心境，想留下来，做这个徒然走过的路程的标志。因此打算每夜把日间所胡思乱想的多多少少写下一点儿，能够写多久，那是连上帝同魔鬼都不知道的。

[1] 勃特勒（1865—1939），爱尔兰诗人、剧作家。

[2] 斯蒂文森（1850—1894），英国作家。

二

老子用极恬美的文字著了《道德经》，但是他在最后一章里却说：“信言不美，美言不信。”大有一笔勾销前八十章的样子。这是抓到哲学核心的智者的态度。若是他没有看透这点，他也不会写出这五千言了。天下事讲来讲去讲到彻底时正同没有讲一样，只有知道讲出来是没有意义的人才会讲那么多话，又讲得那么好。Montaigne Voltaire[1]，Pascal[2]，Hume[3] 说了许多的话，却是全没有结论，也全因为他们心里是雪亮的，晓得“万千种话一灯青”，说不出什么大道理来，所以他们会那样滔滔不绝，头头是道。天下许多事情都是翻筋斗，未翻之前是这么站着，既翻之后还是这么站着，然而中间却有这么一个筋斗！

镜君屡向我引起庄子的“道隐于小成，言隐于荣华”，又屡向我盛称庄生文章的奇伟瑰丽，他的确很懂得庄子！

三

我现在深知道“忆念”这两个字的意思，也许因为此刻正是穷秋时节吧。忆念是没有目的，没有希望的，只是在日常生活里很容易触物伤情，想到千里外此时有个人不知道作什么生。有时

[1] 伏尔泰（1694—1778），法国启蒙思想家。

[2] 帕斯卡（1623—1662），法国科学家、哲学家、散文大师。

[3] 休谟（1711—1776），英国哲学家、历史学家、经济学家。

遇到极微细的，跟那人绝不相关的情境，也会忽然联想起那个穿梭般出入我的意识的她，我简直认为这念头是来得无端。忆念后又怎么样呢？没有怎么样，我还是这么一个人。那么又何必忆念呢？但是当我想不去忆念她时，我这想头就是忆念着她了。当我忘却了这个想头，我又自然地忆念起来了。我可以闭着眼睛不看外界的东西，但是我的心眼总是清炯炯的，总是睨着她的倩影。在欢场里忆起她时，我感到我的心境真是静悄悄得像老人了。在苦痛时忆起她时，我觉得无限的安详，仿佛以为我已挨尽一切了。总之，我时时的心境都经过这么一种洗礼，不管当时的情绪为何，那色调是绝对一致的，也可以说她的影子永离不开我了。

“人间别久不成悲”[1]，难道已浑然好像没有这么一回事吗？不，绝不！初别的时候心里总难免万千心绪起伏着，就构成一个光怪陆离的悲哀。当一个人的悲哀变成灰色时，他整个人溶在悲哀里面去了，惘怅的情绪既为他日常心境，他当然不会再有什么悲从中来了。

[1] 出自南宋词人姜夔的《鹧鸪天》。

一个“心力克”的微笑

写下题目，不禁微笑，笑我自己毕竟不是个道地的“心力克”[1]（cynic）。心里蕴蓄有无限世故，却不肯轻易出口，浑然和俗，有如孺子，这才是真正的世故。至于稍稍有些人生经验，便喜欢摆出世故架子的人们，还好真有世故的人们不肯笑人，否则一定会被笑得怪难为情，老羞成怒，世故的架子完全坍台了。最高的艺术使人们不觉得它有斧斤痕迹，最有世故的人们使人们不觉得他是曾经沧海。他有时静如处女，有时动如走兔，却总不像有世故的样子，更不会无端谈起世故来。我现在自命为“心力克”，却肯文以载道，愿天下有心人、无心人都晓得“心力克”的心境是怎么样，而且向大众说我有微笑，这真是太富于同情心，太天真淳朴了。怎么好算做一个“心力克”呢？因此，我对于自己居然也取“心力克”的态度而微笑了。

这种矛盾其实也不足奇。嵇叔夜[2]的《家诫》对于人情世故体贴入微极了，可是他又写出那种被人们逆鳞的几封绝交书。叔

---

[1] 原指希腊哲学派别之一的犬儒学派，后来指自命不凡、玩世不恭的人，即“心力克”。

[2] 指嵇康（223—263），字叔夜，三国时期的文学家，“竹林七贤”之一。

本华[1]的《箴言》揣摩机心，真足以坏人心术；他自己为人却那么痴心，而且又如是悲观，颇有退出人生行列之意，当然用不着去研究如何在五浊世界里躲难偷生了。予何人斯，拿出这班巨人来自比，岂不蒙其他“心力克”同志们的微笑。区区之意不过说明这种矛盾是古已有之，并不新奇。而且觉得天下只有矛盾的言论是真挚的，是有生气的，简直可以说才算得一贯。矛盾就是一贯，能够欣赏这个矛盾的人们于天地间一切矛盾就都能彻悟了。

好好一个人，为什么要当“心力克”呢？这里真有许多苦衷。看透了人们的假面目，这是件平常事，但是看到了人们的真面目是那么无聊，那么乏味，那么不如他们假面目的好玩，这却怎么好呢？对于人世种种失却幻觉了，即所谓的disillusion[2]，可是同时又不觉得这个disillusion是件了不得的聪明举动；却以为人到了一定年纪，不是上智和下愚，却多少总有些这种感觉。换句话说，对于disillusion也disillusion了，这却怎么好呢？年轻时白天晚上都在那儿做蔷薇色的佳梦，现在不但没有做梦的心情，连一切带劲的念头也消失了，真是六根清净，妄念俱灭！然而得到的不是涅槃而是麻木，麻木到自己倒觉悠然，这怎么好呢？喜怒爱憎之感一天一天钝下去了，眼看许多人在那儿弄得津津有味，又仿佛觉得他们也知道这是串戏，不过既已登台，只好信口唱下去。自己呢，没有冷淡到能够做清闲的观客，隔江观火，又不能把自己哄住，投身到里面去胡闹一

[1] 叔本华（1788—1860），德国哲学家、唯意志论主义者、生命哲学的先驱之一。

[2] 可译为无幻想、无热情。

场。双脚踏着两船旁，这时倦于自己，倦于人生，这怎么好呢？惘怯的情绪，凄然的心境，以及冥想自杀，高谈人生——这实在都是少年的盛事！有人说道，天下最鬼气森森的诗是血气方旺的年轻人写出的——这是真话！他们还没有跟生活接触过，哪里晓得人生是这么可悲，于是逞一时的勇气，故意刻画出一个血淋淋的人生，以慰自己罗曼的情调。人生的可哀，没有涉猎过的人是臆测不出的，否则他们也不肯去涉猎了；等到尝过苦味，你就噤若寒蝉，谈虎色变，绝不会无缘无故去冲破自己的伤痕。那时你走上了人生这条机械的路子，要离开需要更大的力量，这是已受生活打击过的人所无法办到的，所以只好掩泪吞声活下去了，有时挣扎着显出微笑。可是一面兜这一步一步陷下去的圈子，一面又如观止水地看清普天下种种迫害我们的东西，而最大的迫害却是自己的无能，否则拨云雾而见天日，抖擞精神，打个滚儿九万里风云脚下生，岂不适意哉？然而我们又知道，就说你一个人在人生舞台上演一大套热闹的戏，无非使后台地上多些剩脂残粉，破碎衣冠。而且后台的情况始终在你心眼前，装个欢乐的形容，无非更增抑郁而已。也许这种心境是我们最大的无能，也许因为我们无能，所以做出这个心境来慰藉自己。总之，人生路上长亭更短亭，我们一时停足，一时迈步，往苍茫的黄昏里走去，眼花了，头晕了，脚酸了，我们暂在途中打盹，也就长眠了；后面的人只见我们越走越远，身体越小，消失于尘埃里了。路有尽头吗？干吗要个尽头呢？走这条路有意义吗？什么叫做意义呢？人生的意义若在人生之中，那么这是人生，不足以解释人生；人生的意义若在人生之外，那么又何必走此一程呢？当此无可如何之时我们只

好当“心力克”，借微笑以自遣也。

瞥眼看过去，许多才智之士在那里翻筋斗，也着实会令人叫好。比如，有人摆架子，有人摆有架子的架子，有人又摆不屑计较架子有无的架子，有人摆天真的架子，有人摆既已世故了、何妨自认为世故的坦白架子。许多架子合在一起，就把人生这个大虚空筑成八层楼台了，我们在那上面有的战战兢兢走着，有的昂头阔步走着，终免不了摔下来，另一个人来当那条架子了。阿迭生[1]拿桥来比人生，勃兰德斯[2]在一篇叫做《人生》的文章里拿梯子来比人生，中间都含有摔下的意思，我觉得都不如我这架子之说那么周到，因为还说出了人生的本素。上面说得太简短了，当然未尽所欲言，举一反三，在乎读者，不佞太忙了，因为还得去微笑。

[1] 今译艾迪生（1672—1719），英国散文家、诗人、剧作家以及政治家。

[2] 疑是布里吉斯（Bridges），英国诗人。

无情的多情和多情的无情

情人们常常觉得他俩的恋爱是空前绝后的壮举，跟一切芸芸众生的男欢女爱绝不相同。这恐怕也只是恋爱这场黄金好梦里面的幻影吧。其实通常情侣正同博士论文一样的平淡无奇。为着要得博士而写的论文与为着要结婚而发生的恋爱大概是一样没有内容吧。通常的恋爱约略可以分做两类：无情的多情和多情的无情。

一双情侣见面时就倾吐出无限缠绵的话，接吻了无数次，欢喜得淌下了眼泪，分手时依依难舍，回家后不停地吟味过去的欣欢——这正是打得火热的时候。后来时过境迁，两人不得不含着满泡的眼泪离散了，彼此各自有个世界，旧的印象逐渐模糊了，新的引诱却又不断地出现在当前。经过了一段若即若离的时期，终于跟另一个爱人又演出旧戏了。此后也许会重演好几次。或者两人始终保持当初恋爱的形式，彼此的情却都显出离心力，向外发展，暗把种种盛意搁在另一个人身上了。这班人好像天天都在爱的旋涡里，却没有弄清真是爱哪一个人，他们外表上是多情，处处花草颠连，实在是无情，心里总只是微温的。他们寻找的是自己的享乐，以“自己”为中心，不知不觉间做出许多残酷的事，甚至于后来还去赏鉴一手包办的悲剧，玩弄那种微酸的凄凉情调，拿所谓痛心的事情来解闷消愁。天下有许多的眼泪留下来时有种快感，这班人却顶喜欢尝这个精美的甜味。他们爱上了爱情，为爱情而恋爱，所以一切都可以牺牲，只为始终能尝到爱的滋味而已。他们是拿打牌的精神踱进情场，“玩玩吧”是他们的信条。他们有时也假装诚恳，那无非因为可以更玩得有趣些。他们有时甚至于自己也糊涂了，以为真是以全生命来恋爱，其实他们的下意识是了然的。他们好比上场演戏，虽然兴高采烈时忘了自己，居然觉得真是所扮的角色了，可是心中明知后台有个可以洗去胭粉、脱下戏衫的化装室。他们拿人生最可贵的东西——爱情来玩弄，跟人生开玩笑，真是聪明得近乎大傻子了。这班人我无以名之，名之为无情的多情人，也就是洋鬼子所谓的 sentimental[1] 了。

上面这种情侣可以说是走一程花草缤纷的大路，另一种情侣却是探求奇怪瑰丽的胜境，不辞跋涉崎岖长途，援着悬岩峭壁屏息而行，总是不懈本志，从无限辛苦里得到更纯净的快乐。他们常拿难题来试彼此的挚情，他们有时现出冷酷的颜色。他们觉得心心既相印了，又何必弄出许多虚文呢？他们心里的热情把他们的思想毫发毕露地照出，他们的感情强烈地清晰有如理智。天下抱定了成仁取义的决心的人干事时总是分寸不乱，行若无事的，这班情人也是神情清爽，绝不慌张的，他们始终是朝一个方向走去，永久抱着同一的深情。他们的目标既是如皎日之高悬，像大山一样稳固，他们的步伐又怎么会乱呢？他们已从默然相对无言

[1] 可译为多愁善感的。

里深深了解彼此的心曲。他们哪里用得着绝不能明白传达我意思的言语呢？他们已经各自在心里矢誓，当然不作无谓的殷勤话儿了。他们把整个人生搁在爱情里，“爱存则存，爱亡则亡”，他们怎么会拿爱情做人生的装饰品呢？他们自己变为爱情的化身，绝不能再分身跳出圈外来玩味爱情。聪明乖巧的人们也许会嘲笑他们态度太严重了，几十个夏冬急水般的流年何必如是死板板地过去呢；但是他们觉得爱情比人生还重要，可以情死，绝不可以为着贪生而断情。他们注全力于精神，所以忽于形迹，所以好似无情，其实深情，真是所谓“多情却似总无情”。我们把这类恋爱叫做多情的无情，也就是洋鬼子所谓的 passionate[1] 了。

但是多情的无情有时渐渐化做无情的无情了。这种人起先因为全借心中白热的情绪忽略外表，有时却因为外面惯于冷淡，心里也不知不觉地淡然了。人本来是弱者，专靠自己心中的魄力，不知道自己魄力的脆弱，就常因太自信了反而坍台。好比那深信具有坐怀不乱这副本领的人，随便冒险，深入女性的阵里，结果常是冷不防地陷落了。拿宗教来做比喻吧。宗教总是有许多仪式，但是有一班人觉得我们既然虔信不已，又何必这许多无谓的虚文缛节呢，于是就将这道传统的玩意儿一笔勾销，但是精神老是依着自己，外面无所附着，有时就有支持不起之势，信心因此慢慢衰颓了。天下许多无谓的东西所以值得保存，就因为它是无谓的，可以做个表现各种情绪的工具。老是扯成满月形的弦不久会断的，弦必定有弛张的时候。睁着眼睛望太阳反见不到太阳，眼睛倒弄晕

[1] 可译为热情的。

眩了，必定斜着看才行。老子所谓“无”之为用，也就是在这类地方。

拿无情的多情来细味一下吧。乔治·桑（George Sand）在她的小说里曾经隐约地替自己辩护道：“我从来绝没有同时爱着两个人。我绝没有，甚至于在思想里。属于两个人，无论在什么时候。这自然是指当我的情热持续着。当我不再爱一个男人的时候，我并没有骗他。我同他完全绝交了。不错，我也曾设誓，在我狂热时候，永远爱他；我设誓时也是极诚意的。每次我恋爱，总是这么热烈的，完全的，我相信那是我生平第一次，也是最后一次的真恋爱。”乔治·桑的爱人多极了，这是谁都知道的事情，但是我们不能说她不诚恳。乔治·桑是个伟大的爱人，几千年来像她这样的人不过几个，自然不能当做常例看，但是通常牵情的人们的确有他可爱的地方。他们是最含有诗意的人们，至少他们天天总弄得欢欣地过日子。假使他们没有制造出事实的悲剧，大家都了然这种“飞鸿踏雪泥”式的恋爱，将人生渲染上一层生气勃勃、清醒活泼的恋爱情调，情人们永久是像朋友那样可分可合，不拿契约来束缚水银般转动自如的爱情，不处在委曲求全的地位，那么整个世界会青春得多了。唯美派说“从一而忠的人们是出于感觉迟钝”，这句话像唯美派其他的话一样，也有相当的道理。许多情侣多半是始于恋爱，而终于莫名其妙的妥协。他们忠于彼此的婚后生活并不是出于他们恋爱的真挚持久，却是因为恋爱这个念头已经根本枯萎了。法郎士说过：“当一个人恋爱的日子已经结束，这个人大可不必活在世上。”高尔基也说：“若使没有一个人热烈地爱你，你为什么还活在世上呢？”然而许多应该早下

野，退出世界舞台的人却总是恋栈，情愿无聊赖地多过几年那总有一天结束的生活，却不肯急流勇退，平安地躺在地下，免得世上多一个麻木的人。“生的意志”（will to live）使人世变成个血肉模糊的战场。它又使人世这么阴森森地见不到阳光。在悲剧里，一个人失败了，死了，他就立刻退场，但是在这幕大悲剧里许多虽生犹死的人们却老占着场面，挡住少女的笑窝。许多夫妇过一种死水般的生活，他们意志消沉得不想再走上恋爱舞场，这种的忠实有什么可赞美呢？他们简直是冷冰的。连微温情调都没有了，而所谓passionate的人们一失足，就掉进这个陷阱了。爱情的火是跳动的，需要新的燃料，否则很容易被人世的冷风一下子吹熄了。中国文学里的情人多半是属于第一类的，说得肉麻点，可以叫做“卿卿我我”式的爱情；外国文学里的情人多半是属于第二类的，可以叫做“生生死死”式的爱情。这当有许多例外，中国有尾生[1]这类痴情的人，外国有屠格涅夫、拜伦等描写的玩弄爱情滋味的人。

[1] 出自《庄子·盗跖》，是中国古代传说中的痴情男子。

第贰章

醉中梦话

梦虽然不是事实，
然而总是我们做的梦，
所以也是人生的重要部分。
天下不少远望着星空，
虽然走着的是泥泞道路的人，
我们不能因为他满身尘土，
就否认他是爱慕闪闪星光的人。

讲 演

“你是来找我同去听讲演的吗？”

“不错，去不去？”

“吓！我不是个‘智识欲’极旺的青年，这么大风——就是无风，我也不愿意去的。我想你也不一定是非听不可，尽可在我这儿谈一会儿。我虽然不是什么名人，然而我的嘴却是还在。刚才我正在想着讲演的意义，你来了，我无妨把我所胡思乱想的讲给你听，讲得自然不对，不过我们在这里买点东西吃，喝喝茶，比去在那人丛里钻个空位总好点吧。”

来客看见主人今天这么带劲地谈着，同往常那副冷淡待人的态度大不相同，心中就想在这里解闷也不错，不觉就把皮帽、围巾都解去了。那房主人正忙着叫听差买栗子、花生，泡茶。打发清楚后，他又继续着说：

“近来我很爱胡思乱想，但是越想越不明白一切事情的道理。真合着那位坐在望平街高塔中，做《平等阁笔记》的主笔[1]所谓世界中不只‘无奇不有’，实在是‘无有不奇’。Carlyle[2]

---

[1] 指的是近代报人狄葆贤（1873—1921），他曾经在上海创办了《时报》。

[2] 卡莱尔（1795—1881），苏格兰著名散文家、历史学家、哲学家。

这老头子在*Sartor Resartus*[1]中《自然的超自然主义》（*Natural Supernaturalism*）一章里头，讲自然律本身就是一个不可解的神秘，所以这老头子就觉得对于宇宙中一切物事都糊涂了。我现在也有点觉得什么事情我都不知道。比如你是知道我怕上课的，自然不会爱听讲演。然而你经过好几次失败之后，一点也不失望，还是常来找我去听讲演，这就是一个Haeckel[2]的《宇宙之谜》所没有载的一个不可思议的事。哦！现在又要上课了，我想起来真有点害怕。吓！真是一年不如一年了，从前我们最高学府是没有点名的，我们很可以自由地在家里躺在床上，或者坐在炉边念书。自从那位数学教授来当注册部主任以后，我们就非天天上班不行。一个文学士是坐硬板凳坐了三千多个钟头换来的。就是打瞌睡，坐着睡那么久，也不是件容易事了。怕三千多个钟头坐得不够，还要跑去三院大礼堂，师大风雨操场去坐，这真是天下第一奇事了。所以讲演有人去听这事，我抓着头发想了好久，总不明白。若说到‘民国讲演史’那是更有趣了。自从杜威先生[3]来华以后，讲演这件事同新思潮同时流行起来。杜先生曾到敝处过，那时我还在中学读书，也曾亲耳听过，亲眼看过。印象现在已模糊了，大概只记得他说了一大阵什么自治、砖头、打球……后来我们校长以‘君子不重则不威’一句话来发挥杜先生的意思。那时翻译是我们那里一个教会学堂叫做格致小学的英文先生，我们那时一面听讲，一面看那洁白的桌布，校长的新马褂，教

[1] 卡莱尔的主要作品之一，《成衣匠的改造》。

[2] 海克尔（1834—1919），德国著名动物学家、进化论的倡导者。

[3] 杜威（1859—1952），美国著名哲学家、心理学家、教育家。

育厅长的脸孔，杜先生的衣服……我不知道当时杜先生知道不知道How we think。跟着罗素[1]来了，恍惚有人说他讲的数理哲学不大好懂。罗素去了，杜里舒[2]又来。中国近来，文化进步得真快，讲演得真热闹，杜里舒博士在中国讲演，有十册演讲录。中间有在法政专门学校讲的细胞构造，在体育师范讲的历史哲学，在某女子中学讲的新心理学……总而言之普照十方，凡我青年，无不蒙庇。所以中国人民近来常识才有这么发达。太戈尔[3]来京时，我也到真光[4]去听。他的声音是很美妙的。可惜我们（至少我个人）都只了解他的音乐，而对于他的意义倒有点模糊了。”

“自杜先生来华后，我们国内名人的讲演也不少。我有一个同学他差不多是没有一回没去听的，所以我送他一个‘听讲博士’的绰号，他的‘智识欲’真同火焰山一样的热烈。他当没有讲演听的时候只好打呵欠，他这样下去，还怕不博学得同哥德[5]、斯忒林堡[6]一样。据他说，近来很多团体因为学校太迟开课发起好几个讲演会，他自然都去听了。他听有‘中国工会问题’，‘一个新实在论的人生观’，‘中外戏剧的比较’，‘中国宪法问题’，‘二十世纪初叶的教育’……我问他他们讲的什么，他说：‘我听得太多也记不清了，我家里有一本簿子上面贴

[1] 罗素（1872—1970），二十世纪英国哲学家、数学家、逻辑学家、历史学家，也是著名的无神论者。

[2] 杜里舒（1867—1941），德国哲学家、生物学家。

[3] 今译泰戈尔（1861—1941），印度诗人。

[4] 指的是北京当时的真光电影院。

[5] 哥德（1749—1832），十八世纪中叶到十九世纪初德国和欧洲最重要的剧作家、诗人和思想家。

[6] 今译斯特林堡（1849—1912），瑞典戏剧家、小说家、诗人。

有一切在副刊记的讲演词，你一看就明白了。’他怕人家记得不对，每回要亲身去听，又恐怕自己听不清楚，又把人家记的收集来，这种精益求精的精神，是值得我们模仿的，不过我很替他们担心。讲演者费了半月工夫，迟睡早起，茶饭无心，预备好一篇演稿来讲。我们坐洋车赶去听，只恐太迟了，老是催车夫走快，车夫固然是汗流浃背，我们也心如小鹿乱撞。好，到了，又要往人群里东瞧西看，找位子，招呼朋友，忙了一阵，才鸦雀无声地听讲了。听的时候又要把我们所知道的关于工会、宪法、人生观、戏剧、教育的智识整理好来吸收这新意思。讲完了，人又波涛浪涌地挤出来。若使在这当儿，把所听的也挤出来，那就糟糕了。”

“我总有一种偏见：以为这种 Public-lecture-mania[1] 是一种 Yankee-disease[2]。他们同我们是很要好的，所以我们不知不觉就染了他们的习惯。他们是一种开会、听讲、说笑话的民族。加拿大文学家 Stepken Leacock[3] 在他的 *My Discovery of England*[4] 里曾说过美国学生把教授的讲演看得非常重要，而英国牛津大学学生就不把 lecture[5] 当做一回事；他又称赞牛津大学学生程度之好。真的我也总怀一种怪意思，因为怕挨骂所以从来不告人，今日无妨同你一讲。请你别告诉人。我想真要得智识，求点学问，不只那东鳞西爪、吉光片羽的讲演不济事，就是上堂听

[1] 可译为讲演癖。

[2] 可译为美国式病症。

[3] 李科克（1869—1944），加拿大作家。

[4] 《英格兰之我见》，李科克的作品。

[5] 可译为演讲。

讲也无大意思。教授尽可把要讲的印出来，也免得我们天天冒风雪上堂。真真要读书只好在床上、炉旁、烟雾中、酒瓶边，这才能领略出味道来。所以历来真文豪都是爱逃学的。至于Swift[1]的厌课程，Gibbon[2]在自传里骂教授，那又是绅士们所不齿的……”

他讲到这里，人也倦了，就停一下，看桌子上栗子、花生也吃完了，茶也冷了。他的朋友就很快地讲：

“我们学理科的是非上堂不行的。”

“一行只管一行，我原是只讲学文科的。不要离题跑野马，还是谈讲演吧，我前二天看Mc Dougall[3]的《群众心理》，他说我们有一种本能叫做‘爱群本能’（Gregarious instinct），他说多数人不是为看戏而去戏院，是要去人多的地方而去戏院。干脆一句话，人是爱向人丛里钻的。你看他的话对不对？”

他忽然跳起，抓着帽和围巾就走，一面说道：“糟！我还有一位朋友，他也要去三院瞧热闹，我跑来这儿谈天，把他在家里倒等得慌了。”

---

[1] 斯威夫特（1667—1745），十八世纪英国著名的讽刺作家和政治家。

[2] 吉本（1737—1794），英国著名历史学家，《罗马帝国衰亡史》的作者。

[3] 麦独孤（1871—1938），美国著名实验心理学家、生理心理学家。

“还我头来”及其他

关云长兵败麦城，虽然首级给人拿去招安，可是英灵不散，“吾舌尚存”，还到玉泉山，向和尚诉冤，大喊什么“还我头来”！这是多么惊心动魄的事，万想不到我现在也来发出同样阴惨的呼声。

但是我并非爱做古人的鹦鹉，实在有不得已的苦衷[1]，在所谓最高学府里头，上堂，吃饭，睡觉，匆匆地过了五年，到底学到了什么，自己实在很怀疑。然而一同同学们和别的大学、中学的学生接近，常感觉到他们是全知的——人们（差不多要写做上帝了）。他们多数对于一切大大小小、长长短短的问题，都有一定的意见，说起来滔滔不绝，这是何等可羡慕的事。他们知道宗教是应当“非”的，孔丘是要打倒的，东方文化根本要不得，文学是苏俄最高明，小、中、大学都非专教白话文不可，文学是进化的（因为胡适先生有一篇文学进化论），行为派心理学是唯一的心理学，哲学是要立在科学上面的，新的一定是好，一切旧的

[1] 作者在将此文收入《春醪集》时，删减了如下文字：“在这口号盛行的时节，我未免心慌，也想做出一两个简单精练的字句，闲时借它长啸一番。想了几个整晚，才得‘还我头来’这四个字，放在口里尝试一下，也觉洪亮不错；所以冒抄袭之名，暂借来做口号，当题目。”

总该打倒，以至于恋爱问题女子解放问题……他们头头是道，十八般武艺无一不知。驽拙的我看着不免有无限的羡慕同妒忌。更使我赞美的是他们的态度，观察点总是大同小异——简直是全同无异。有时我精神疲倦，不注意些，就分不出是谁在那儿说话。我从前老想大学生是有思想的人，各个性格不同，意见难免分歧，现在一看这种融融泄泄的空气，才明白我是杞人忧天。不过凡庸的我有时试把他们所说的话，拿来仔细想一下，总觉头绪纷纷，不是我一个人的力几秒钟的时间所能了解。有时尝尽艰难，打破我这愚拙的网，将一个问题，从头到尾，好好想一下，结果却常是找不出自己十分满意解决的方法，只好归咎到自己能力的薄弱了。有时学他们所说的，照样向旁人说一下，因此倒得到些恭维的话，说我思想进步。荣誉虽然得到，心中却觉惭愧，怕的是这样下去，满口只会说别人懂、自己不懂的话。随和是做人最好的态度，为了他人，失了自己，也是有牺牲精神的人做的事；不过这么一来，自己的头一部一部消灭了，那岂不是个伤心的事情吗？

由赞美到妒忌，由妒忌到诽谤是很短的路。人非圣贤，谁能无过，我有时也免不了随意乱骂了。一回我同朋友谈天，我引美国Cabell[1]说的话来泄心中的积愤，我朋友或者猜出我恼羞成怒的动机，看我一眼，我也只好住口了。现在他不在这儿，何妨将Cabell话译出，泄当时未泄的气。Cabell在他那本怪书，名字叫做《不朽》（*Beyond Life*）的中间说：

“印刷发明后，思想传布是这么方便，人们不要麻烦费心

[1] 卡贝尔（1879—1958），美国著名小说家。

思，就可得到很有用的意见。从那时候起很少人高兴去用脑力，伤害自己的脑。”

Cabell在现在美国，还高谈romance[1]，提倡吃酒，本来是个狂生，他的话自然是无足重轻的，只好借来发点牢骚不平吧！

以上所说的是自己有愿意把头弄掉，去换几个时髦的字眼的危险。此外在我们青年旁边想用快刀阔斧来取我们的头者又大有人在。思想界的权威者无往而不用其权威来做他的文力统一。从前《晨报》副刊登载“青年必读书十种”的时候，我曾经摇过头。所以摇头者，一方面表示不满意，一方面也可使自己相信我的头还没有被斩。这十种既是青年所必读，那么不去读的就不好算做青年了。年纪轻轻就失掉了做青年的资格，这岂不是等于不得保首级。回想二三十年前英国也有这种开书单的风气。但是Lord Avebury[2]在他《人生乐趣》（*The Pleasure of Life*）里所开的书单的题目不过是“百本书目表”（List of 100 Books）。此外Lord Acton[3]，Shorter[4]等所开者，标题皆用此。彼等以爵士之尊，说话尚且这么谦虚，不用什么“必读”等命令式字眼，真使我不得不佩服西人客气的精神了。想不到后来每下愈况，梁启超先生开个书单，就说没有念过他所开的书的人不是中国人，那种办法完全是青天白日当街杀人的刽子手的行为了。胡适先生在《现代评论》曾说他治哲学史的方法是唯一无二

[1] 可译为浪漫。

[2] 埃夫伯里爵士（1834—1913），英国著名博物学家。

[3] 阿克顿爵士（1834—1902），英国著名历史学家。

[4] 肖特尔（1857—1926），英国著名记者、文艺批评家。

的路，凡同他不同的都会失败。我从前曾想抱尝试的精神、怀疑的态度去读哲学，因为胡先生说过“真理不是绝对的，中间很有商量余地”，所以打算舍胡先生的大道而不由，另找个羊肠小径来。现在给胡先生这么当头棒喝，只好摆开梦想，摇一下头——看还在没有。总之，在旁边窥伺我们的头者，大有人在，所以我暑假间赶紧离开学府，万里奔波，回家来好好保养这六斤四的头。

所以“还我头来”是我的口号，我以后也只愿说几句自己确实明白了解的话，不去高攀，谈什么问题主义，免得跌重。说的话自然平淡凡庸或者反因为它的平淡凡庸而深深地表现出我的性格，因为平淡凡庸的话只有我这驽拙的人，才能够说出的。无论如何总不至于失掉了头。

末了，让我抄几句 Arnauld[1] 在 *Port-Royal Logic*[2] 里面的话，来做结束吧。

“我们太容易将理智只当做求科学智识的工具，实在我们应该用科学来做完成我们理智的工具；思想的正确是比我们由最有根据的科学所得来一切的智识都要紧得多。”

中国普通一般自命为名士、才子之流，到了风景清幽的地方，一定照例地说若是能够在此读书，才是不辜负此生。由这点就可看出他们是不能真真鉴赏山水的美处。读书是一件乐事，游山玩水也是一件乐事。若使当读书时候，一心想什么飞瀑松声、绝崖远眺，我们相信他读书趣味一定不浓厚。同样的，若是当

[1] 阿尔诺（1612—1694），法国著名詹森派神学家。

[2] 可译为《“波尔罗亚尔”逻辑学》。

看到好风景的时候，不将一己投到自然怀中，热烈领会生存之美，却来摆名士架子，说出不冷不热的套话，我们也知道他实在不能够吸收自然无限的美。我一想到这事，每每记起英国大诗人Chaucer[1]的几行诗（这几行是我深信能懂的，其余文字太古了，实在不知道清楚）。他说：

“When that the monthe of May Is comen，and that I here the foules synge，And that the floures gynnen for to sprynge，Farurl my boke and my devocon.”

Legende of Good Women[2]

大意是：当五月来的时候，我听到鸟唱，花也渐渐为春天开，我就向我的书籍同宗教告别了。要有这样的热诚才能得真正的趣味。徐旭生先生说中国人缺乏enthusiasm[3]，这句话真值得一百圈。实在中国人不止对重要事没有enthusiasm，就是关于游戏也是取一种逢场作戏随便玩玩的态度，对于一切娱乐事情总没有什么无限的兴味。闭口消遣，开口消愁，全失丢人生的乐趣，因为人生乐趣多存在于对一切零碎事物、普通游戏感觉无穷的趣味。要常常使生活活泼生姿，一定要对极微末的娱乐也全心一意地看重，热烈地将一己忘掉在里头。比如要谈天，那么就老老实实说心中自己的话，不把通常流俗的意见，你说过来我答过去地敷衍。这样子谈天也有真趣，不至像刻板文章，然而多数人谈天总是一副皮面话，听得真使人难过。关于说到这点的文章，我最

[1] 乔叟（约1340—1400），英国著名诗人。

[2] 乔叟1386年发表的作品，可以译为《贞洁妇女传说》。

[3] 可译为热情。

爱读兰姆（Lamb）的*Mrs. Battle's opinions on Whist*[1]。那是一篇游戏的福音，可惜文字太妙了，不敢动笔翻译。再抄一句直腿者流[2]的话来说明我的鄙见吧。A-C. Berson[3]在*From a College Window*[4]里说：

“一个人对于游戏的态度愈是郑重，游戏就越会有趣。”

因为我们对于一切都是有些麻木，所以每回游玩山水，只好借几句陈语来遮饰我们心理的空虚。为维持面子的缘故，渐渐造成虚伪的习惯，所以智识阶级特别多伪君子，也因为他们对面子特别看重。他们既然对自然、对人情不能够深切地欣赏，只好将快乐全放在淫欲、虚荣、权力、钱财……方面。这总是不知生活术的结果。

有人说，我们向文学求我们自己所缺的东西，这自然是主张浪漫派人的说法，可是也有些道理。我们若不是麻木不仁，对于自己缺点总特别深切地感觉。所以对没有缺点的人常有过量的赞美，而对于有同一缺点的人，反不能加以原谅。Turgeniev[5]自己意志薄弱，是Hamlet[6]一流人物，他的小说描写当时俄国智识阶级意志薄弱也特别动人。Hazlitt[7]自己脾气极坏，可是

---

[1] 《巴托夫人对于惠斯特牌的见解》。

[2] 指西洋人。

[3] 本森，英国著名的小品文作家。

[4] 可译为《来自学院的窗口》。

[5] 屠格涅夫（Иван Сергеевич Тургенев，1818—1883），俄国现实主义小说家、诗人和剧作家。

[6] 哈姆雷特，莎士比亚著名悲剧《哈姆雷特》中的主人公。

[7] 哈兹里特（1778—1830），英国著名散文家、评论家。

对心性慈悲什么事也不计较的Goldsmith[1]却啧啧称美。朋友的结合，因为二人同心一意虽多，而因为性质正相反也不少。为的各有缺点、各有优点，并且这个所没有的那个有，那个自己惭愧所少的这个又有，所以互相吸引力特别重。心思精密的管仲[2]同性情宽大的鲍叔[3]，友谊特别重；拘谨守礼的Addison[4]和放荡不羁的Steele[5]，厚重老成的Southey[6]和吃大烟什么也不管的Coleridge[7]也都是性情相背，居然成为历史上有名友谊的榜样。老先生们自己道德一塌糊涂，却口口声声说道德，或者也是因为自己缺乏，所以特别觉得重要。我相信天下没有那么多伪君子，无非是无意中行为与口说的矛盾罢了。

我相信真真了解下层社会情形的作家，不会费笔墨去写他们物质生活的艰苦，却去描写他们生活的单调，精神奴化的经过，命定的思想，思想的迟钝，失望的麻木，或者反抗的精神，蔑视一切的勇气，穷里寻欢，泪中求笑的心情。不过这种细密精致的地方，不是亲身尝过的人像Dostoievski[8]，Gorki[9]不能够说出，出身纨绔的青年文学家，还是扯开仁人君子的假面，讲几句真话吧！

---

[1] 哥尔德斯密斯（1730—1774），英国著名作家。
[2] 管仲（公元前？—公元前645），春秋时期齐国著名的政治家、军事家。
[3] 鲍叔牙（公元前？—公元前644），春秋时齐国政治家。
[4] 艾迪生（1672—1719），英国散文家、诗人、剧作家以及政治家。
[5] 斯梯尔（1672—1729），著名散文家。
[6] 骚塞（1774—1843），英国诗人，“湖畔派”三诗人之一。
[7] 柯尔律治（1772—1834），英国诗人和评论家。
[8] 陀思妥耶夫斯基（1821—1881），俄国文学家。
[9] 高尔基（1868—1936），俄国著名作家。

因为人是人，所以我们总觉得人比事情要紧，在小说里描状个人性格的比专述事情的印象会深得多。这是一件非常明显的事，然而近来所看的短篇小说多是叙一两段情史，用几十个风花雪月字眼，真使人失望。希望新文豪少顾些结构，多注意点性格。Tolstoy[1]的《伊凡伊列支之死》[2]，Conrod[3]的*Lord Jim*都是没有多少事实的小说，也都是有名的杰作。

[1] 列·托尔斯泰（1828—1910），俄国著名作家。

[2] 指托尔斯泰晚期的作品《伊凡·伊里奇之死》。

[3] 康拉德（1857—1924），英国作家。

查理斯·兰姆评传

"它在柔美风韵之外，还带有一种描写不出奇异的美；甜蜜的，迷人的，最引人发笑的，然而是这样的动人的情绪又会使人心酸。"

——Hawthorne's "*Marble Faun*"[1]

传说火葬之后，心还不会烧化的雪莱，曾悱恻地唱："我堕在人生荆棘上面！我流血了！"人生路上到处都长着荆棘，这是无可讳言的事实。但是我们要怎么样才能够避免常常被刺，就是万不得已皮肤给那尖硬的木针抓破了，我们要去哪里找止血的灵药呢？一切恋着人生的人，对这问题都觉有细想的必要。查理斯·兰姆是解决这个问题最好的导师。George Eliot[2]在那使她丢失青春的长篇小说*Romola*[3]里面说："生命没有给人一种它自己医不好的创伤。"兰姆的一生是证明这句话最好的例子，而且由他的作品，我们可以学到很多精妙的生活术。

[1] 出自霍桑的《玉石雕像》。

[2] 艾略特（1819—1880），英国著名女作家。

[3] 艾略特的代表作品之一，可译为《罗幕拉》，是一部以意大利十五世纪宗教为背景的历史小说。

查理斯·兰姆——Coleridge[1] 叫他做“心地温和”的查理斯——在一七七五年二月十八日生于伦敦。他父亲是一个性情慈爱、诸事随便的律师 Samuel Salt[2] 的像仆人不是仆人，说书记又非书记式的雇员。他父亲约翰·兰姆做人忠厚慷慨，很得他主人的信任。兰姆的幼年就住在这个律师所住的寺院里，八岁进基督学校 Christ Hospital[3] 受古典教育，到十五岁就离开学校去做事来持家了。基督学校的房子本来也是中古时代的一个修道院，所以他十四年都是在寺院中度过的。他那本来易感沉闷的心情，再受这寺院中寂静恬适的空气的影响，更使他耽于思索、不爱干事了。他在学校的时候与浪漫派诗人和批评家 S.T. Coleridge[4] 订交，他们的交谊继续了五十年，没有一些破裂。兰姆这几年学校生活可以说是他环境最好的时期。他十五岁就在南海公司做书记，过两年转到东印度公司会计课办事，在那里过记账生活三十三年，才得养老金回家过闲暇时光。不止他中年这么劳苦，他年轻时候还遇着了极不幸的事。当他二十一岁时候，他同一位名叫 Ann Simmons[5] 的姑娘发生爱情，后来失恋了，他得了疯病，在疯人院过了六个礼拜。他出院没有多久，比他长十岁的姊姊玛利·兰姆一天忽然发狂起来，拿桌上餐刀要刺一位女仆，当她母亲来劝止的时候，她母亲被误杀了。玛利自然立刻被关进疯人院

[1] 柯尔律治（1772—1834），英国诗人和评论家。

[2] 索尔特，兰姆父亲的雇主。

[3] 基督教慈幼学校，当时位于伦敦市内。

[4] 柯尔律治。

[5] 指的是安·西蒙丝。

了。后来玛利虽然经法庭判做无罪，但是对于玛利将来的生活问题，兰姆却有许多踌躇。玛利在她母亲死后没有多久的时候渐渐地好了，若是把她接回家中住，老父是不答应的；把一个精神健全，不过一年有几天神经会错乱的人关在疯人院里，兰姆觉得是太残酷了。并且玛利是个极聪明、知理的女子，同他非常友爱，所以只有在外面另赁房子这样一个办法。不过兰姆以前入仅敷出，虽然有位哥哥，可是这个大哥自私自利只注意自己的脚痛，别的什么也不管，而且坚持将玛利永久关在疯人院里。兰姆在这万分困难环境之下，下定决心，将玛利由疯人院领出，保证他自己一生都看护她。他恐怕结婚会使他对于玛利招扶不周到，他自定终身不娶。一个二十一岁的青年已背上这么重的负担，有这么凄惨的事情占在记忆中间，也可谓极人生的悲哀了。不久他父亲死了。以后他天天忙着公司办事，回家陪伴姊姊，有时还要做些文章，得点钱，来勉强维持家用。玛利有时疯病复发，当有些预征的时候，他携着她的手，含一汪眼泪送入疯人院去，他一人回到家里痴痴地愁闷。在这许多困苦中间，兰姆全靠着他的美妙乐天的心灵同几个知心朋友Wordsworth[1]，Coleridge，Hazlitt[2]，Manning[3]，Rick-man[4]，Earton Burney[5]，Carey[6]等的安慰来支持着。他虽然厌恶工作，可是当他得了年金后，因为工作已成种习

[1] 华兹华斯，英国著名浪漫主义诗人。

[2] 哈兹里特（1778—1830），英国著名散文家、评论家。

[3] 麦宁（1808—1892），英国牧师。

[4] 里克曼（1776—1841），英国著名建筑师。

[5] 勃尼（1752—1840），英国作家。

[6] 指的是威廉·卡莱尔（1761—1843），英国传教士、东方学专家。

惯，所以他又有无聊空虚的愁苦了。又加以他好友Coleridge的死，他晚年生活更显黯淡。在一八三四年五月二十日他就死了。他姊姊老是在半知觉状态之下，还活了十三年。这是和他的计划相反的，因为他希望他能够比他姊姊后死，免得她一个人在世上过凄凉的生活。他所有的著作都是忙里偷闲做的。

人生的内容是这样子纷纭错杂、毫无头绪，除了大天才像莎士比亚这般人外，多半都只看人生的一方面。有的理想主义者不看人生，只在那里做他的好梦，天天过云雾里的生活，Emerson是个好例子。也有明知人生里充满了缺陷同丑恶，却掉过头来专向太阳照到的地方注目，满口歌颂自然人生的美，努力去忘记一切他所不愿意有的事情，十九世纪末叶英国有名散文家John Brown[1]医生就属于这一类。还有一种人整个心给人世各种龌龊事扰乱了，对于一切虚伪、残酷、麻木、无耻，攻击同厌恶得太厉害了，仿佛世上只有毒蛇猛兽，所有歌鸟吟虫全忘记了。斯夫特主教[2]同近代小说家Butler[3]都是这一类人。他们用显微镜来观察人生的斑点，弄得只看见缺陷，所以斯夫特只好疯了。以上三种人，第一种痴人说梦，根本上就不知道人生是怎么一回事；第二种人躲避人生，没有胆量正正地睨着人生，既是缺乏勇气，而且这样同人生捉迷藏，也抓不到人生真正的乐趣。若是不愿意看人生缺陷同丑恶，而人生缺陷同丑恶偏排在眼前，那又要怎么好呢？第三种人诅咒人生，当他谩骂

[1] 约翰·布朗（1735—1788），英国医生。

[2] 今译斯普拉特（1635—1713），英国罗彻斯特主教威斯敏斯特教长。

[3] 勃特勒（1835—1902），英国作家。

的时候，把一切快乐都一笔勾销了。只有真真地跑到生活里面，把一切事都用宽大通达的眼光来细细咀嚼一番，好的自然赞美，缺陷里头也要去找出美点出来；或者用法子来解释，使这缺陷不令人讨厌，这种态度才能够使我们在人生途上受最少的苦痛，也是止血的妙方。要得这种态度，最重要的是要有广大无边的同情心。那是能够对于人们所有举动都明白其所以然；因为同是人类，只要我们能够虚心，各种人的动作，我们全能找出可原谅的地方。因为我们自己也有做各种错事的可能，所以更有原谅他人的必要。真正的同情是会体贴别人的苦衷，设身处地去想一下，不是仅仅容忍就算了。用这样眼光去观察世态，自然只有欣欢的同情，真挚的怜悯，博大的宽容，而只觉得一切的可爱，自己生活也增加了无限的趣味了。兰姆是有这精神的一个人。有一回一个朋友问他恨不恨某人，他答道："我怎么能恨他呢？我不是认得他吗？我从来不能恨我认识过的人。"他年轻的时候曾在一篇叫做《伦敦人》上面说："往常当我在家觉得烦腻或者愁倦时，我跑到伦敦的热闹大街上，任情观察，等到我的双颊给眼泪淌湿，因为对着伦敦无时不有像哑剧各幕的动人拥挤的景况的同情。"在一篇杂感上他又说："在大家全厌弃的坏人的性格上发现出好点来，这是件非常高兴的事，只要找出一些同普通人相同的地方就够了。从我知道他爱吃南野的羊肉起，我对 Wilks[1] 也没有十分坏的意思。"兰姆不求坏人别有什么过人的地方，然后才去原谅，只要他带一些人性，他的心就会立刻

[1] 威尔克斯（1725—1797），英国记者、政治家。

软下去。他到处体贴人情，没有时候忘记自己也是个会做错事、说错话的人，所以他无论看什么，心中总是春意盎然，什么地方都生同情，都觉有趣味，所以无往而不自得。这种执著人生，看清人生然后抱着人生接吻的精神，和中国文人逢场作戏、游戏人间的态度，外表有些仿佛，实在骨子里有天壤之隔。中国文人没有挫折时，已经装出好多身世凄凉的架子，只要稍稍磨折，就哼哼地怨天尤人，将人生打得粉碎，仅仅剩个空虚的骄傲同无聊的睥睨。哪里有兰姆这样看遍人生的全圆，千灾百难底下，始终保持着颠扑不破的和人生和谐的精神，同那世故所不能损害毫毛的包括一切的同情心。这种大勇主义是值得赞美，值得一学的。

兰姆既然有这么广大的同情心，所以普通生活中的零星事件都供给他极好的冥想对象。他没有通常文学家的习气，一定要在王公大人惊心动魄的事情里面，或者良辰美景、旖旎风光时节，要不然也由自己的天外奇思、空中楼阁里找出些文学材料；他相信天天在他面前经过的事情，只要费心去吟味一下，总可想出很有意思的东西来。所以他文章的题目是五花八门的：通常事故，由伦敦叫花子、洗烟囱小孩、烧猪、肥女人、饕餮者、穷亲戚、新年，一直到莎士比亚的悲剧，DcFoe[1] 的二流作品，Sidney[2] 的十四行诗，Hogarth[3] 的讥笑世俗的画，自天才是不是疯子问题说到彩票该废不废问题。无论什么题目，他只要把他的笔点缀一下，我们好像就能看见新东西一样。不管是多么乏味事情，他总会说得

[1] 笛福（1660？—1731），英国作家，代表作有《鲁滨逊漂流记》。

[2] 锡德克（1554—1586），英国诗人。

[3] 豪卡斯（1697—1764），英国著名艺术家。

津津有味，使你听得入迷。A.C.Benson[1] 说得最好：“查理斯·兰姆将生活中最平常材料浪漫地描写着，指示出无论是多么简单普通经验也充满了情感同滑稽。平常生活的美丽同庄严是他的题目。”在他书信里也可看出他对普通生活经验的玩味同爱好。他说：“一个小心观察生活的人用不着自己去铸什么东西，‘自然’已经将一切东西替我们浪漫化了。”（给 Bernard Barton[2] 的信）在他答 Wordsworth 请他到乡下去逛的信上，他说：“我一生在伦敦过活，等到现在我对伦敦结得许多深厚的地方感情，同你山中人爱好呆板板的自然一样。Straed 同 Fleet 二条大街灯光明亮的店铺；数不尽的商业、商人、顾客、马车、货车、戏院；Covent 公园里面包含的嘈杂同罪恶——窑子、更夫、醉汉闹事、车声；只要你晚上醒来，整夜伦敦都是热闹的。在 Fleet 街的绝不会无聊：群众，一直到泥巴、尘埃，射在屋顶道路的太阳，印刷铺，旧书摊，商量价的顾客，咖啡店，饭馆透出菜汤的气，哑剧——伦敦自己就是个大哑剧院，大假装舞蹈会——一切这些东西全影响我的心，给我趣味，然而不能使我觉得看够了。这些好看、奇怪的东西使我晚上徘徊在拥挤的街上，我常常在五光十色的大街中看这么多生活，高兴得流泪。”他还说：“我告诉你，伦敦所有的大街傍道全是纯金铺的，最少我懂得一种点金术，能够点伦敦的泥成金——一种爱在人群中过活的心。”兰姆真有点泥成金的艺术，无论生活怎样压着他，心情多么烦恼，他总能够随便找些东西来，用他精细微妙、灵敏多感的心灵去抽出有趣味的点来，他

[1] 本森，英国著名小品文作家。
[2] 伯纳德·巴顿，兰姆的好友。

哧哧地笑了。十八世纪的散文家多半说人的笑脸可爱，兰姆却觉天下可爱的东西非常多，他爱看洗烟囱小孩洁白的齿，伦敦街头墙角鹑衣百结、光怪陆离的叫花子，以至伦敦街声——他以为比什么音乐都好听。总而言之，由他眼里看来，什么东西全包含了无限的意义，根本上还是因为他能有普遍的同情。他这点同诗人Wordsworth很相像，他们同相信真真的浪漫情调不一定在夺目惊心的事情，而俗人俗事里布满了数不尽可歌可叹的悲欢情感。他不用几个抽象观念来抹杀人生，或者将人生的神奇化做腐朽，他从容不迫地好像毫不关心说这个、谈那个，可是自然而然写出一件东西在最可爱情形底下的状况。就是Walter Pater[1]在《查理斯·兰姆评传》所说的“the gayest，happiest attitude of things”。[2]因此兰姆只觉得到处有趣味，可赏玩，并且绝不至于变做灰色的厌世者，始终能够天真地在这碧野青天的世界歌颂上帝给我们享受不尽，同我们自己做出鉴赏不完的种种物事。他是这么爱人群的，Leigh Hunt[3]在自传里说“他宁愿同一班他所不爱的人在一块，也不肯自己孤独地在一边”。当他姊姊又到疯人院，家中换了个新女仆，他写信给Bernard Barton，提到旧女仆，他感叹着说：“责骂同吵闹中间包含有熟识的成分，一种共同的利益——定要认得的人才行——所以责骂同吵闹是属于怨，怨这个东西同亲爱是一家出来的。”一个人爱普通生活到连吵架也信作是人类温情的另一表现，普通生活在他面前简直变成天国生

[1] 佩特（1839—1894），法国文学家和理论家。

[2] 可译为：“快乐是面对事物最好的态度。”

[3] 亨特（1784—1859），英国新闻记者、散文作家、诗人。

活了。

Hazlitt[1]在《时代精神》（*The Spirit of thc Age*）评兰姆一段里说："兰姆不高兴一切新面孔、新书、新房子、新风俗……他的情感回注在'过去'，但是过去也要带着人的或地方的色彩，才会深深地感动他……他是怎么样能干地将衰老的花花公子用笔来渲染得香喷喷的；怎么样高兴地记下已经冷了四十年的情史。"兰姆实在恋着过去的骸骨，这种性情有两个原因，一来因为他爱一切人类的温情。事情虽然已经过去，而中间存着的情绪还可供我们回忆。并且他太爱人生了，虽然事已烟消火灭了，他舍不得就这么算了，免不了时时记起，拿来摩弄一番。他性情又耽好冥想，怕碰事实，所以新的东西有种使他害怕的能力。他喜欢坐在炉边和他姊姊谈幼年事情，顶怕到新地方，住新房，由这样对照，他更爱躲在过去的翼底下。在《伊里亚随笔》第一篇《南海公司》里他说："活的账同活的会计使我麻烦，我不会算账，但是你们这些死了大本的数簿——是这么重，现在三个衰颓退化的书记要抬你们离开那神圣的地方都不行——连着那么多古老奇怪的花纹同装饰的神秘的红行——那种三排的总数目，带着无用的圈圈——我们宗教信仰浓厚的祖宗无论什么流水账，数单开头非有不可的祷告话——那种值钱的牛皮书面，使我们相信这是天国书库的书的皮面——这许多全是有味可敬的好看东西。"由这段可以看出他避新向旧的情绪。他不止喜欢追念过去，而且因为一件事情他经历过，那不管这事情有益有害，既然同他发生关系

[1] 哈兹里特（1778—1830），英国著名散文家、评论家。

了，就好似是他的朋友，若是他能够再活一生，他还愿一切事情完全按旧的秩序递演下去。他在《除夕》那一篇中说："我现在几乎不愿意我一生所逢的任一不幸事会没有发生过，我不愿改换这些事情也同我不愿更改一本结构精密小说的布局一样，我想当我心被亚历斯[1]的美丽的发同更美丽的眼迷醉的时候，我将我最黄金的七年光阴憔悴地空费过去这回事，比干脆没有碰过这么热情的恋爱是好得多。我宁愿我丢失那老怕被骗去的遗产，也不愿意现在有二千镑钱而心中没有这位老奸巨滑的影子。"他爱旧书、旧房子、老朋友、旧瓷器，尤其好说过去的戏子，从前的剧场情形，同他小孩子时候逛的地方。他曾有一首有名的诗说一班旧日的熟人。

一班旧日的熟人

我曾有一些游侣，我曾有一班好伴，
在我孩提的时候，在我就学的时光；
一班旧日的熟人，现在完全失散。

我曾经狂笑，我曾经欢宴，
与一班心腹的朋友在深夜坐饮；
一班旧日的熟人，现在完全失散。

我曾爱着一个绝代的美人：

[1] 兰姆曾经爱过的姑娘，也是前文提到的兰姆的失恋对象——安•西蒙丝。

她的门为我而关，她，我一定不能再见——
一班旧日的熟人，现在完全失散。

我有一个朋友，一个最好的朋友，
我曾鲁莽地背弃他像个忘恩之人；
背弃了他，想到一班旧日的熟人。

我徘徊在幼年欢乐之场像个幽灵，
我不得不走遍大地的荒原，
为了去找一班旧日的熟人。

我的心腹的朋友，你比我的兄弟更强，
你为什么不生在我的家中？
假使我们可以谈到旧日的熟人——

他们有的怎样弃我，有的怎样死亡，
有的被人夺去；所有的朋友都已分离；
一班旧日的熟人，现在完全失散。

他说他像个幽灵徘徊在幼年欢乐之场。实在由这种高兴把旧事重提的人看来，现在只是一刹那，将来是渺茫的，只有过去是安安稳稳地存在在记忆里而绝不会丢失的宝藏。这也是他在这不断时流中所以坚决地抓着过去的原因。

兰姆一生逢着好多不顺意的事，可是他能用飘逸的想头、轻快的字句把很沉重的苦痛拨开了。什么事情他都取一种特别观察点，所以可给普通人许多愁闷、怨恨的事情，他都随随便便地不当做一回事地过去了。他有一回编一本剧叫做《H先生》，第一晚开演的时候就受观众的攻击，他第二天写信给Sarah Stoddart说：“《H先生》昨晚开演，失败了，玛利心里很难过。我知道你听见这个消息一定会替我们难过的。可是不要紧。我们决心不被这事情弄得心灰意懒。我想开始戒烟，那么我们快要富足起来了。一个吞云吐雾的人，自然只会写乌烟瘴气的喜剧。”他天天从早到晚在公司办事，但是在《牛津游记》上他说：“我虽然是个书记，这不过是我一时兴致，一个文人早上需要休息，最好休息的法子是机械式地记棉花、生丝、印花布的价钱，这样工作之后去念书会特别有劲。并且你心中忽然有什么意思，尽可以拿桌上纸条或者封面记下，做将来思索材料。”他的哥哥是个自私的人，收入很好，却天天去买古画，过舒服生活，全不管兰姆的穷苦。兰姆对这件事不仅没有一毫怨尤，并且看他哥哥天天兴高采烈的样子，他心中也欢喜起来了。在《我的亲戚》一篇文中他说：“这事情使我快活，当我早上到公司的时候，在一个风和日美的五月的早上，碰着他（指兰姆哥哥）由对面走来，满脸春风，喜气洋洋。这种高兴的样子是指示他心中预期买样看中了的古画。当这种时候他常常拉着我，教训一番。说我这种天天有事非干不可的人比他快活——要我相信他觉得无聊难过——希望他自己没有这么多闲暇——又向西走到市场去，口里唱着调子——心里自信我会信他的话——我却是无歌无调地继续向公司走。”这种一点私见不存，只以客观态度、温和眼光来批评事情，注意可以发噱之点，用来做微笑的资料，真是处世最好的精神。在《查克孙上尉》一篇里，他将这种对付不好环境的好法子具体地描写出。查克孙一贫如洗，却无时不摆阔架子，这样子就将贫穷的苦恼全忘丢了。兰姆说："他（查克孙上尉）是个变戏法者，他布一层雾在你面前——你没有时间去找出他的毛病。他要向你说'请给我那个银糖钳'，实在摆在你面前的只有一个小匙，而且仅仅是镀银的。在你还没有看清楚他的错误之前，他又来扰乱你的思想，把一个茶锅叫做茶瓮，或者将凳子说做沙发。富人请你看他的家具，穷人用法子使你不注意他的寒碜东西；他既不是这样，也不是那样，单单自己认为他身边的一切东西全是好的，使你莫名其妙到底在茅屋里看的是什么。什么也没有，他仿佛什么都有样子。他心中有好多财产。"当他母亲死后的一个礼拜，他写信给 Coleridge 说："我练成了一种习惯不把外界事情看重——对这盲目的现在不满意，我努力去得一种宽大的胸怀，这种胸怀支持我的精神。"他姊姊的疯病好了，他写信给Coleridge说："我决定在这塞满了烦恼的剧里，尽量得那可得到的瞬间的快乐。"他又说："我的箴言是：'只要一些，就须满足；心中却希望能得到更多。'"我们从这几段话可以看出兰姆快乐人世的精神。他既不是以鄙视一切快乐自雄的 stoic[1]，也不是沾沾自喜歌颂那卑鄙庸懦的满足的人；他带一服止血的灵药，在荆棘上跳跃奔驰，享受这人生道上的一切风光；他不鄙视人生，所以人生也始终爱抚他。所以处这使别人能够碎心的情况之下，他居然天天现

[1] 可译为禁欲主义者。

着笑脸，说他的双关话，同朋友开开玩笑过去了。英国现在大批评家Augustine Birrell[1]说：“兰姆自己知道他的神经衰弱，同他免不了要受的可怕的一生挫折，他严重地拿零碎东西做他的躲难所，有意装傻，免得过于兴奋变成个疯子了。”从二十一岁以后，他经过千涛百浪，神经老是健全，这就是他这种高明超达的生活术的成功。

兰姆虽然使用一双特别的眼睛看世界上的各种事情，他的道德观念却非常重。他用非常诚恳的态度采取道德观念，什么事情一定要寻根究底赤裸裸地来审察，绝不容有丝毫伪君子成分在他心中。也是因为他对道德态度是忠实的，所以他又常主张我们有时应当取一种无道德的态度，把道德观念撇开一边不管，自由地来品评艺术同生活。伪君子们对道德没有真真情感，只有一副架子，记着几句口头禅，无处不说他的套语，一时不肯放松将道德存起来，这是等于做贼心虚的人更用心保持他好人的外表，以及偷汉寡妇偏会说贞节一样。只有自己问心无愧的人才敢有时放了道德的严肃面孔，同大家痛快地毫无拘管地说笑。在他那《莎士比亚同时戏剧家评选》里，他说：“霸占近代舞台的乏味无聊抹杀一切的道德观念，把戏中可赞美的热烈情感排斥去尽了。一种清教徒式的感情迟钝，一种傻子低能的老实渐渐盘绕我们胸中，将旧日戏剧作家给我们的强烈的情感同真真有肉有血生气勃勃的道德赶走了……我们现在什么都是虚伪的顺从。”所以他爱看十八

[1] 比勒尔（1850—1933），英国政治家。

世纪几个喜剧家Congreve[1]，Farquhar Wycherley[2]等描写社会的喜剧。他曾说："真理是非常宝贵的，所以我们不要乱用真理。"因为他的宝贵道德，他才这么不乱任用道德观念，把它当做一句不值钱的东西乱花。兰姆不怎么尊重传统道德观念，他的观念近乎尼采，他相信有力气做去就是善，柔弱无能对付了事，处处用盾牌的是恶，这话似乎有些言之过甚，不过实在是如此。我们读兰姆不觉得念《查拉撒斯图拉如此说》[3]的针针见血，那是因为兰姆用他的诙谐同古怪的文体盖住了好多惊人的意见。在他《两种人类》那篇上，他赞美一个靠借钱为生、心地洁白的朋友。这位朋友豪爽英迈，天天东拉西借，压根儿就没有你我之分，有钱就用，用完再借，由兰姆看起来他这种痛快情怀比一个规规矩矩的人高明得多。他那篇最得所谓英国第一批评家Hazlitt击节叹赏的文章《战太太对于纸牌的意见》[4]，用使人捧腹大笑的笔墨说他这种做得痛快就是对的理论。他觉得叫花子非常高尚，平常人都困在各种虚荣高低之内，唯有叫花子超出一切比较之外，不受什么时髦礼节习惯的支配，赤条条无牵挂，所以他把叫花子尊称做"宇宙间唯一的自由人"。英国习惯每餐都要先感谢上帝，兰姆想我们要感谢上帝地方多得很，有Milton[5]可念也是个要感谢的事情，何必专限在饭前，再加上那时候馋涎三尺，哪里有心

[1] 康格里夫（1670—1729），英国著名剧作家。

[2] 威彻利（1640—1716），英国著名剧作家。

[3] 尼采的代表作，也译为《查拉斯图拉如是说》。

[4] 今译《巴托夫人对于惠斯特牌的见解》。

[5] 弥尔顿（1608—1674），英国著名诗人，代表作《失乐园》。

去谢恩？所食东西又是煮得讲究，不是仅仅作维持生命用，谢上帝给我们奢侈纵我们口欲，实在是不大对的。所以他又用滑稽来主张废止。他在《傻子日》里说：“我从来没有一个交谊长久或者靠得住的朋友，而不带几分傻气的……心中一点傻气都没有的人，心里必有一大堆比傻还坏的东西。”这两句话可以包括他的伦理观念。兰姆最怕拉长面孔，说道德的，我们却啰唆地说他的道德观念，实在对不起他，还是赶快谈别的吧。

法国十六世纪散文大家，近世小品文鼻祖Montaigne[1]在他小品文集（essays）序上说：“我想在这本书里描写这个简单普通的真我，不用大言、说假话、弄巧计，因为我所写的是我自己。我的毛病要纤毫毕露地说出来，习惯允许我能够坦白说到那里，我就写这自然的我到那地步。”兰姆是Montaigne的嫡系作家。他文章里十分之八九是说他自己，他老实地亲信地告诉我们他怎么样不能了解音乐，他的常识是何等的缺乏，他多么怕死、怕鬼，甚至于他怎样怕自己会做贼偷公司的钱，他也毫不遮饰地说出。他曾说他的文章用不着序，因为序是作者同读者对谈，而他的文章在这个意义底下全是序。他谈自己七零八杂的事情之所以能够这么娓娓动听，那是靠着他能够在说闲话时节，将他全性格透露出来，使我们看见真真的兰姆。谁不愿意听别人心中流露出的真话，何况讲的人又是个和蔼可亲、温文忠厚的兰姆。他外面又假放好多笔名同杜撰的事，这不过是一层薄雾，因为兰姆到底是害羞的人，文章常用七古八怪的别号，这么一反照，更显出他那真

[1] 蒙田（1533—1592），法国文艺复兴后最重要的人文主义作家。

挚诚恳的态度了。兰姆最赞美懒惰，他曾说人类本来状况是游手好闲的，亚当堕落后才有所谓的工作。他又说："实在在一个人所能做的最好的事情是什么也不干，次一等才是——好工作。"他那一篇《衰老的人》是个赞美懒惰的福音，比起Stevenson[1]的《懒惰汉的辩词》更妙得多，我们读起来一个爱闲暇、怕工作的兰姆活现眼前。

兰姆著作不大多，最重要的是那投稿给《伦敦杂志》，借伊里亚Elia名字发表的絮语文五十余篇，后来集做两卷，就是现在通行的《伊里亚小品文》（*The Essays of Elia*）同《伊里亚小品文续编》（*The Last Essays of Etia*）。伊里亚是南海公司一个意大利书记，兰姆借他名字来发表，他的文体是模仿十七世纪Fuller[2]，Browne[3]同别的伊利沙伯时代[4]作家，所以非常古雅蕴藉。此外，他编了一本莎士比亚同时代戏剧作家选集，还加上了批评，这本书与十九世纪对伊利沙伯时代文学兴趣之复燃大有关系。他的批评，只言片语，字字珠玑，虽然只有几十页，却是一本重要文献。他选这本书的目的，是将伊利沙伯时代人的道德观念呈现在读者面前，所以他的选本一直到现在还是风行的。他还有批评莎士比亚悲剧同Hogarth的画的文章。此外他同玛利将莎士比亚剧编作散文古事，尽力保存原来的精神。他对伊利沙伯朝文学既然有深刻的研

[1] 斯蒂文森（1850—1894），英国作家。

[2] 富勒（1608—1661），英国作家、学者。

[3] 布朗（1605—1682），英国著名散文家。

[4] 今译"伊丽莎白时代"。指英国十六世纪后半叶至十七世纪初叶。

究，所以这本《莎氏乐府本事》[1]，还能充满了剧中所有的情调色彩，这是它能够流行的原因。兰姆做了不少的诗同一两编戏剧，那都是不重要的。他的书信却是英国书信文学中的杰作，其价值不下于 Robert Southey[2]，Cray Fitzerald[3] 的书牍，他那种缠绵深情同灵敏心怀在那几百封信里表现得非常清楚。他好几篇好文章如《两种人类》《新同旧的教师》《衰老的人》等差不多全由他的信脱胎出来。他写信给 Southey 说：“我从来没有根据系统判断事情，总是执著个体来理论。”这两句话可以做他一切著作的注脚。

兰姆传以 Ainger 做得最好，Ainger 说：“他是个利己主义者——但是一个没有一点虚荣同自满的利己主义者——一个剥去了嫉妒同恶脾气的利己主义者。”这真是兰姆一生最好的考语。

近代专研究兰姆、学兰姆的文笔的 Lucus 说：“兰姆重新建设生活，当他改建时节时，他把生活弄得尊严而内容丰富起来了。”

[1] 指的是《莎士比亚戏剧故事集》，林纾译为《吟边燕语》。

[2] 骚塞（1774—1843），英国诗人，“湖畔派”三诗人之一。

[3] 菲茨杰拉德（1809—1883），英国著名作家。

观 火

独自坐在火炉旁边，静静地凝视面前瞬息万变的火焰，细听炉里呼呼的声音，心中是不专注在任何事物上面的，只是痴痴地望着炉火。说是怀有一种惘怅的情绪，固然可以，说是感到了所有的希望全已幻灭，因而反现出恬然自安的心境，亦无不可。但是既未曾达到身如槁木、心如死灰的地步，免不了有许多零碎的思想来往心中，那些又都是和“火”有关的，所以把它们集在“观火”这个题目底下。

火的确是最可爱的东西。它是单身汉的最好伴侣。寂寞的小房里面，什么东西都是这么寂静的，无生气的，现出呆板板的神气，唯一有活气的东西就是这个无聊赖地走来走去的自己。虽然是个甘于寂寞的人，可是也总觉得有点儿怪难过。这时若使有一炉活火，壁炉也好，站着有如庙里菩萨的铁炉也好，红泥小火炉也好，你就会感到宇宙并不是那么荒凉了。火焰的万千形态正好和你心中古怪的想象携手同舞，倘然你心中是枯干到生不出什么黄金幻梦，那么体态轻盈的火焰可以给你许多暗示，使你自然而然地想入非非。她好像但丁[1]《神曲》里的引路神，拉着你的

[1] 但丁(1265—1321)，意大利著名诗人，文艺复兴时期的先驱者，代表作《神曲》是一部伟大的长篇史诗性作品。

手，带你去进荒诞的国土。人们只怕不会做梦，光剩下一颗枯焦的心儿，一片片逐渐剥落。倘然还具有梦想的能力，不管做的是狰狞凶狠的噩梦，还是融融春光的甜梦，那么这些梦好比会化雨的云儿，迟早总能滋润你的心田。看书会使你做起梦来，听你的密友细诉衷曲也会使你做梦，晨曦，雨声，月光，舞影，鸟鸣，波纹，桨声，山色，暮霭……都能勾起你的轻梦，但是我觉得火是最易点着轻梦的东西。我只要一走到火旁，立刻感到现实世界的重压一一消失，自己浸在梦的空气之中了。有许多回我拿着一本心爱的书到火旁慢读，不一会儿，把书搁在一边，却不转睛地尽望着火。那时我觉得心爱的书还不如火这么可喜。它是一部活书。对着它真好像看着一位大作家一字字地写下他的杰作，我们站在一旁跟着读去。火是一部无始无终、百读不厌的书，你哪回看到两个形状相同的火焰呢！拜伦说："看到海而不发出赞美词的人必定是个傻子。"我是个沧海曾经的人，对于海却总是漠然的，这或者是因为我会晕船的缘故吧！我总不愿自认为傻子，但是我每回看到火，心中常想唱出赞美歌来。若使我们真有个来生，那么我只愿下世能够做一个波斯人，他们是真真的智者，他们晓得拜火。

记得希腊有一位哲学家——大概是 Zeno[1] 吧——跳到火山的口里去，这种死法真是痛快。在希腊神话里，火神（Hephaestus or Vulcan）是个跛子，他又是一个大艺术家。天上的宫殿同盔甲都是他一手包办的。当我靠在炉旁时候，我常常期望有一个黑脸的跛子从烟里冲出，而且我相信这位艺术家是没有留了长头发

[1] 芝诺（约公元前 495—约公元前 430），希腊著名哲学家、数学家。

同打一个大领结的。

在《现代丛书》（*Modern Library*）的广告里，我常碰到一个很奇妙的书名，那是唐南遮（D' Annunzio）[1] 的长篇小说《生命的火焰》（*The Flame of Life*）。唐南遮的著作我一字都未曾读过，这本书也是从来没有看过的，可是我极喜欢这个书名，《生命的火焰》这个名字是多么含有诗意，真是简洁地说出人生的真相。生命的确像一朵火焰，来去无踪，无时不是动着，忽然扬焰高飞，忽然消沉将熄，最后烟消火灭，留下一点残灰，这一朵火焰就再也燃不起来了。我们的生活也该像火焰这样无拘无束，顺着自己的意志狂奔，才会有生气，有趣味。我们的精神真该如火焰一般地飘忽莫定，只受里面的热力的指挥，冲倒习俗、成见、道德种种的藩篱，一直恣意干去，任情飞舞，才会迸出火花，幻出五色的美焰。否则，阴沉沉地、若存若亡地草草一世，也辜负了创世主叫我们投生的一番好意了。我们生活内一切值得宝贵的东西又都可以用火来打比。热情如沸的恋爱，创造艺术的灵悟，虔诚的信仰，求知的欲望，都可以拿火来做象征。Heracleitus[2] 真是绝等聪明的哲学家，他主张火是宇宙万物之源。难怪二千多年后的柏格森[3] 诸人对着他仍然是推崇备至。火是这么可以做人生的象征的，所以许多民间的传说都把人的灵魂当做一团火。爱尔兰人相信一个妇人若是梦见一点火花落在她口里或者怀中，那么她一定会怀孕的，因

[1] 今译邓南遮（1863—1938），意大利作家。

[2] 赫拉克利特（约公元前540—约公元前480），古代著名哲学家。

[3] 柏格森（1859—1941），法国著名哲学家。

为这是小孩的灵魂。希腊神话里，Prometheus[1] 做了好人后，亲身到天上去偷些火下来，也是这种的意思。有些诗人心中有满腔的热情，灵魂之火太大了，倒把他自己燃烧成灰烬，短命的济慈就是一个好例子。可惜我们心里的火都太小了，有时甚至于使我们心灵感到寒战，怎么好呢？

我家乡有一句土谚："火烧屋好看，难为东家。"火烧屋的确是天下一个奇观。无数的火舌越梁穿瓦，沿窗冲天地飞翔，弄得满天通红了，仿佛地球被掷到熔炉里去了，所以没有人看了心中不会起种奇特的感觉。据说尼罗王[2] 因为要看大火，故意把一个大城全烧了，他可以说是知道享福的人，比我们那班做酒池肉林的暴君高明得多。我每次听到美国哪里的大森林着火了，燃烧了一两个月，我就怨自己命坏，没有在哥伦比亚大学当学生。不然一定要告个病假，去观光一下。

许多人没有烟瘾，抽了烟也不觉得什么特别的舒服，却很喜欢抽烟，违了父母兄弟的劝告，常常抽烟，就是身上只剩一角小洋了，还要拿去买一盒烟抽，他们大概也是因为爱同火接近的缘故吧！最少，我自己是这样的。所以我爱抽烟斗，因为一斗的火是比纸烟头一点儿的火有味得多。有时没有钱买烟，那么拿一匣的洋火，一根根擦燃，也很可以解这火瘾。

离开北方已经快两年了，在南边虽然冬天里也生起火来，但是不像北方那样一冬没有熄过地烧着，所以我现在同火也没有像在北方时那么亲热了。回想到从前在北平时一块儿烤火的几位朋友，不免引起惆怅的心情，这篇文字就算做寄给他们的一封信吧！

---

[1] 普罗米修斯，希腊神话中的人物。

[2] 指的是古罗马暴君尼禄（37—68），相传公元64年的罗马大火是他找人放的。

这么一回事

一

我每次跟天真烂漫的小学生、中学生接触时候，总觉得悲从中来。他们是这么思虑单纯的，这么纵情嬉笑的，好像已把整个世界搂在怀里了。我呢？无聊的世故跟我结不解之缘，久已不发出痛彻心脾的大笑矣。我的心好比已经抹过柏树油的，永远不能清爽。

我每次和晒日黄、缩袖打瞌睡的老头子谈话，也觉得欲泣无泪。“两个极端是相遇的”。他们正如经过无数狂风怒涛的小舟，篷扯碎了，船也翻了，可是剩下来在水面的一两块板却老在海上漂游，一直等到消磨得无影无踪。他们就是自己生命的残留物。他们失掉青春和壮年的火气，情愿忘记一切和被一切忘却了，就是这样若有若无地寄在人间，这倒也是个忘忧之方。真是难得糊涂！既不能满意地活它一场，就让它变为几点残露随风而逝吧！

可是，既然如是赞美生命的消沉，何不于风清月朗之辰，亲自把生命送到门口呢？换一句话说，何不投笔而起，吃安眠药，跳海，当兵去，一了百了，免得世人多听几声呻吟，岂不于人于己两得呢？前几天一位朋友拉到某馆子里高楼把酒，酒酣起舞弄清影的时候，凭栏望天上的半轮明月，看下面蚁封似的世界，忽然想跨栏而下，让星群在上面啧啧赞美，嫦娥大概会拿着手帕抿着嘴儿笑，给下面这班蚂蚁看一出好看的戏，自己就立刻变做不是自己，这真是“人天同庆，无损于己（自己已经没有了，还从哪里去损伤他呢？），有益于人”了。不说别的，报馆访员就可以多一段新闻，hysteria[1]的女子可以暂时忘却烦闷，没有爱人的大学生可以畅谈自杀来消愁。

但是既然有个终南捷径可以逃出人生，又何妨在人生里鬼混呢！

但是……

但是……

…………

二

昨天忽然想起苏格拉底[2]是常在市场里溜达的，我件件不如这位古圣贤，难道连这一件也不如吗？于是乎振衣而起，赶紧到市场人群里乱闯。果然参出一些妙谛，没有虚行。

市场里最花红柳绿的地方当然要推布店了。里面的顾客也复杂得有趣，从目不识丁的简朴老妇人到读过二十、三十、四五十以至整整八十单位的女学生。可是她们对于布店都有一种深切之感。她们一进门来，有的自在地坐下细细鉴赏，有的慢步巡视，有的和女伴或不幸的男伴随便谈天，有的皱着眉头冥想，真是宾至如归。虽说男女同

---

[1] 指癔病，精神疾病的一种。

[2] 苏格拉底（公元前470—公元前399），古希腊哲学家。

学已经有年，而且成绩卓著，但是我觉得她们走进课堂时总没有走进布店时态度那么自然。哎呀！我却是无论走进任何地方，态度都是不自然的。吾友镜君[1]从前说过："人在世界上是个没有人招待的来客。"这真是千古达者之言。牢骚搁起，言归正传。天下没有一个女人买布时会没有主张的。她们胸有成竹，罗列了无数批评标准，对于每种布匹绸缎都有个永劫不拔的主张，她们的主张仿佛也有古典派、浪漫派之分，前者是爱素淡宜人的，后者是喜欢艳丽迷离的。至于高兴穿肉色的衣料和虎豹纹的衣料，那大概是写实派吧。但是她们的意见也常有更改，应当说进步。然而她们总是坚持自己当时的意见，决不犹豫的。这也不足奇，男人选妻子岂不也是如此吗？许多男人因为别人都说那个女子漂亮，于是就"心火因君特地燃"了。天下没有一个男子不爱女子，也好像没有一个女子不爱衣服一样。刘备说过："妻子是衣服。"千古权奸之言，当然是没有错的。

布店是堕落的地方。亚当、夏娃堕落后才想起穿衣。有了衣服，就有廉耻，就有礼教，真是："圣人不死，大盗不止。"人生本来只有吃饭一问题，这两位元始宗亲无端为我们加上穿衣一项，天下从此多事了。

动物里都是雄的弄得很美丽来引诱雌的。在我们却是女性在生育之外还慨然背上这个责任。女性始终花叶招展，男性永远是这么漆黑一团。我们真该感谢这勇于为世界增光的永久女性。

这也是一篇 *Sartor Resartus*[2] 吧！

---

[1] 不详。

[2] 指的是卡莱尔的作品《成衣匠的改造》。

吻 火

回想起志摩先生，我记得最清楚的是他那双银灰色的眸子。其实他的眸子当然不是银灰色的，可是我每次看见他那种惊奇的眼神，好像正在猜人生的谜，又好像正在一叶一叶揭开宇宙的神秘，我就觉得他的眼睛真带了一些银灰色。他的眼睛又有点像希腊雕像那两片光滑的，仿佛含有无穷情调的眼睛，我所说银灰色的感觉也就是这个意思吧。

他好像时时刻刻都在惊奇着。人世的悲欢，自然的美景以及日常的琐事，他都觉得是很古怪的，从来没有看见过的，完全出乎意料之外的。所以他天天都是那么有兴致（gusto），就是说出悲哀的话的时候，也不是垂头丧气，厌倦于一切了，却是发现了一朵“恶之华”，在那儿惊奇着。

三年前，在上海的时候，有一天晚上，他拿着一根纸烟向一位朋友点燃的纸烟取火，他说道：“Kissing the fire[1].”这句话真可以代表他对于人生的态度。人世的经验好比是一团火，许多人都是敬鬼神而远之，隔江观火，拿出冷酷的心境去估量一切，不敢投身到轰轰烈烈的火焰里去，因此过个暗淡的生活，简

[1] 译为吻火。

直没有一点的光辉。数十年的光阴就在计算怎么样才会不上当里面消逝去了，结果上了个大当。他却肯亲自吻着这团生龙活虎般的烈火，火光一照，化腐臭为神奇，遍地开满了春花，难怪他天天惊异着，难怪他的眼睛跟希腊雕像的眼睛相似。希腊人的生活就像他这样吻着人生的火，歌唱出人生的神奇。

这一回在半空中他对于人世的火焰作最后的一吻了。[1]

[1] 这里指的是，1931 年 11 月 19 日，徐志摩在乘飞机从南京去北平的途中，飞机坠毁。徐志摩以及机上的两名驾驶员全部殒命。

春　雨

整天的春雨，接着是整天的春阴，这真是世上最愉快的事情了。我向来厌恶晴朗的日子，尤其是骄阳的春天；在这个悲惨的地球上忽然来了这么一个欣欢的气象，简直像无聊赖的主人宴饮生客时拿出来的那副古怪笑脸，完全显出宇宙里的白痴成分。在所谓大好的春光之下，人们都到公园大街或者名胜地方去招摇过市，像猩猩那样嘻嘻地笑着，真是得意忘形，弄到变成四不像了。可是阴霾四布或者急雨滂沱的时候，就是最沾沾自喜的财主也会感到苦闷，因此也略带了一些人的气味，不像好天气时候那样望着阳光，盛气凌人地大踏步走着，颇有“上帝在上，我得其所”的意思。至于懂得人世哀怨的人们，黯淡的日子可以说是他们唯一光荣的时光。穹苍替他们流泪，乌云替他们皱眉，他们觉到四围都是同情的空气，仿佛一个堕落的女子躺在母亲怀中，看见慈母一滴滴的热泪溅到自己的泪痕，真是润遍了枯萎的心田。斗室中默坐着，忆念十载相违的密友、已经走去的情人，想起生平种种的坎坷、一身经历的苦楚，倾听窗外檐前凄清的滴沥，仰观波涛浪涌，似无止期的雨云，这时一切的荆棘都化做洁净的白莲

花了，好比中古时代那班圣者被残杀后所显的神迹。“最难风雨故人来”，阴森森的天气使我们更感到人世温情的可爱，替从苦雨凄风中来的朋友倒上一杯热茶的时候，我们很有“放下屠刀，立地成佛子”的心境。“风雨如晦，鸡鸣不已”，人类真是只有从悲哀里滚出来才能得到解脱，千锤百炼，腰间才有这一把明晃晃的钢刀。“今日把似君，谁为不平事”“山雨欲来风满楼”，这很可以象征我们孑立人间，尝尽辛酸，远望来日大难的气概；真好像思乡的客子拍着栏杆，看到郭外的牛羊，想起故里的田园，怀念着宿草新坟里当年的竹马之交，泪眼里仿佛模糊辨出龙钟的父老蹒跚走着，或者只瞧见几根靠在破壁上的拐杖的影子。所谓生活术恐怕就在于怎么样当这么一个临风的征人吧。无论是风雨横来，无论是澄江一练，始终好像惦记着一个花一般的家乡，那可说就是生平理想的结晶，蕴在心头的诗情，也就是明哲保身的最后壁垒了；可是同时还能够认清眼底的江山，把住自己的步骤，不管这个异地的人们是多么残酷，不管这个他乡的水土是多么不惯，却能够清瘦地站着，戛戛然好似狂风中的老树。能够忍受，却没有麻木，能够多情，却不流于感伤，仿佛楼前的春雨，悄悄下着，遮住耀目的阳光，却滋润了百草同千花。檐前的燕子躲在巢中，对着如丝如梦的细雨呢喃，真有点像也向我道出此中的消息。

可是春雨有时也凶猛得可以，风驰电掣，从高山倾泻下来也似的，万紫千红，都付诸流水，看起来好像是杀风景的，也许是别有怀抱吧。生平性急，一二知交常常焦急万分地苦口劝我，可是暗室扪心，自信绝不是追逐事功的人，不过对于纷纷扰扰的劳生却常感到厌倦，所谓性急无非是疲累的反响吧。有时我却极有耐心，好像废殿上的玻璃瓦，一任他风吹雨打，霜蚀日晒，总是那样子痴痴地望着空旷的青天。我又好像能够在无字碑面前坐下，慢慢地去冥想这块石板的深意。简直是个蒲团已碎，呆然趺坐着的老僧，想赶快将世事了结，可以抽身到紫竹林中去逍遥，跟把世事撇在一边，“大隐隐于市”，就站在热闹场中来仰观天上的白云，这两种心境原来是不相矛盾的。我虽然还没有，而且绝不会跳出人海的波澜，但是拳拳之意自己也略知一二，大概摆动于焦躁与倦怠之间，总以无可奈何天为中心吧。所以我虽然爱蒙蒙茸茸的细雨，我也爱大刀阔斧的急雨，纷至沓来，洗去阳光，同时也洗去云雾，使我们想起也许此后永无风恬日美的光阴了。也许老是一阵一阵的暴雨，将人世哀乐的踪迹都漂到大海里去，白浪一翻，什么渣滓也看不出了。焦躁同倦怠的心境在此都得到涅槃的妙悟，整个世界就像客走后撇下筵席，洗得顶干净排在厨房架子上的杯盘。当个主妇的创造主看着大概也会微笑吧，觉得一天的工作总算告终了。最少我常常臆想这个还了本来面目的大地。

可是最妙的境界恐怕是尺牍里面那句烂调，所谓“春雨缠绵”吧。一连下了十几天的梅雨，好像再也不会晴了，可是时时刻刻都有晴朗的可能。有时天上现出一大片的澄蓝，雨脚也慢慢收束了，忽然间又重新点滴凄清起来，那种捉摸不到、万分别扭的神情真可以做这个哑谜一般的人生的象征。记得十几年前每当连朝春雨的时候，常常剪纸作和尚形状，把他倒贴在水缸旁边，意思是叫老天不要再下雨了，虽然看到院子里雨脚下一粒一粒新生的水泡我总觉到无限的欣欢，尤其当急急走过檐前，脖子上溅几滴雨水的时候。可是那时我对于春雨的情趣是在不知不觉之间领略到的，并没有凝神去寻找，等到知道怎么样去欣赏恬适的雨声的时候，我却老在干燥的此地做客，单是夏天回去，看看无聊的骤雨，过一过雨瘾罢了。因此“小楼一夜听春雨”的快乐当面错过，从我指尖上滑走了，盛年时候好梦无多，到现在彩云已散，一片白茫茫，生活不着边际，如堕五里雾中，对于春雨的怅惘只好算做内中的一小节吧，可是仿佛这一点很可以代表我整个的悲哀情绪。但是我始终喜欢冥想春雨，也许因为我对于自己的愁绪很有顾惜爱抚的意思；我常常把陶诗改过来，向自己说道：“衣沾不足惜，但愿恨无违。”我会爱凝恨也似的缠绵春雨，大概也因为自己有这种的心境吧。

第二度的青春

人们到了相当年纪，大概不会再有春愁。就说偶然还涉遐思，也不好意思出口了。

乡愁，那是许多人所逃不了的。有些人天生一副怀乡病者的心境，天天惦念着他精神上的故乡。就是住在家乡里，仍然忽忽如有所失，像个海外飘零的客子。就说把他们送到乐园去，他们还是不胜惆怅，总是希冀、企望着，想回到一个他所不知道的地方。这些人想象出许多虚幻的境界，那是宗教家的伊甸园，哲学家的伊比鸠鲁斯[1]花园，诗人的Elysium El Dorado，Arcadia[2]，理想主义者的乌托邦，来慰藉他们彷徨的心灵；可是假使把他们放在他们所追求的天国里，他们也许又皱起眉头，拿着笔描写出另一个理想世界了。思想无非是情感的具体表现，他们这些世外桃源只是他们不安心境的寄托。全是因为它们是不能实现的，所以才能够传达出他们这种没个为欢处的情怀；一旦不幸，理想变为事实，它们立刻就不配做他们这些情绪的象征了。说起来，真是可悲，然而也怪有趣。总之，这一班人大好

---

[1] 今译伊壁鸠鲁（公元前341—公元前270），古希腊哲学家。

[2] 指代天堂、寥廓的星座及田园牧歌式的地方。

年华都消磨于绻怀一个莫须有之乡，也从这里面得到他人所尝不到的无限乐趣。登楼远望云山外的云山，淌下的眼泪流到笑窝里去，这是他们的生活。吾友莫须有先生就是这么一个人，久不见他了，却常忆起他那泪痕里的微笑[1]。

可是，人们到了相当年纪（又是这么一句话），对于自己的事情感到厌倦，觉得太空虚了，不值一想，这时连这一缕乡愁也将化为云烟了。其实人们一走出情场，失掉绮梦，对于自己种种的幻觉都消灭了，当下看出自己是个多么渺小、无聊的汉子，正好像脱下戏衫的优伶，从缥缈世界坠到铁硬的事实世界，砰的一声把自己惊醒了。这时睁开眼睛，看到天上恒河沙数的群星，“一佛一世界”，回想自己风尘下过的千万人已尝过，将来还有无数万人来尝的庸俗生活，对于自己怎能不灰心呢？当此“屏除丝竹入中年”时候，怎么好呢？

可是，人们到了相当年纪，免不了儿女累人，三更儿哭，可以搅你的清梦，一声“爸爸”，可以动你的心弦。烦恼自然多起来了，但是天下的乐趣都是烦恼带来的，烦恼使人不得不希望，希望却是一服包医百病的良方。做了只怕不愁，一生在艰苦的环境下面挣扎着，结果常是“穷”而不“愁”，所谓潦倒也就是麻木的意思。做人做到艳阳天气勾不起你的幽怨，故乡土物打不动你莼鲈之思[2]，真是几乎无路可走了。还好有个父愁。虽然知道自己的一生是个失败，仿佛也看出天下无所谓成功的事情，已猜透“成功等于失败”这个哑谜了，居然清瘦地站在宇宙之外，默然

[1] 指废名（1901—1967），原名冯文炳，曾写过一部小说《莫须有先生传》。
[2] 指的是返乡归隐的念头，出自《世说新语》。

与世无涉了；可是对于自己孩子们总有个莫名其妙的希望，大有“我们自己既然如是塌台，难道他们也会这样吗”的意思。只有没有道理的希望是真实的，永远有生气的，做父亲的人们明知小孩变成顽皮大人是种可伤的事情，却非常希望他们赶快长大。已看穿人性的腐朽同宇宙的乏味了，可是还希望他们来日有个花一般的生涯。为着他们，希望许多绝不可能的事情变为可能；为着他们，肯把自己重新掷到过去的幻觉里去，于是乎从他们的生活里去度自己第二次的青春，又是一场哀乐！为着儿女的恋爱而担心，去揣摩内中的甘苦，宛如又踱进情场。有时把儿女的痴梦拿来细味，自己不知不觉也走到梦里去了，孩提的想头和希望都占着做父亲者的心窝，虽然这些事他们从前曾经热烈地执著过，后来又颓然扔开了。人们下半生的心境又恢复到前半生那样了，有时从父愁里也产生出春愁和乡愁。

记得去年快有儿子的时候，我的父亲从南方写信来说道：“你现也快做父亲了，有了孩子，一切要耐忍些。”我年来常常记起这几句话，感到这几句叮咛包括了整个人生。

又是一年春草绿

一年四季，我最怕的却是春天。夏的沉闷，秋的枯燥，冬的寂寞，我都能够忍受，有时还感到片刻的欣欢。灼热的阳光，憔悴的霜林，浓密的乌云，这些东西跟满目疮痍的人世是这么相称，真可算做这出永远演不完的悲剧的绝好背景。当个演员同时又当个观客的我虽然心酸，看到这么美妙的艺术，有时也免不了陶然色喜，传出灵魂上的笑窝了。坐在炉边，听到呼呼的北风，一页一页翻阅一些畸零人的书信或日记，我的心境大概有点像人们所谓春的情调吧。可是一看到阶前草绿，窗外花红，我就感到宇宙的不调和，好像在弥留病人的榻旁听到少女的轻脆的笑声，不，简直好像参加婚礼时候听到凄楚的丧钟。这到底是恶魔的调侃呢，还是垂泪的慈母拿几件新奇的玩物来哄临终的孩子呢？每当大地春回的时候，我常想起《哈姆雷特》里面那位姑娘戴着鲜花圈子，唱着歌儿，沉到水里去了。这真是莫大的悲剧呀！比哈姆雷特的命运还来得可伤，叫人们啼笑皆非，只好蒙眬地徜徉于迷途之上，在谜的空气里度过鲜血染着鲜花的一生了。坟墓旁年年开遍了春花，宇宙永远是这样二元，两者错综起来，就

构成了这个杂乱下劣的人世了。其实不单自然界是这样子安排颠倒遇颠连，人事也无非如此白莲与污泥相接，在卑鄙坏恶的人群里偏有些雪白晶清的灵魂，可是旷世的伟人又是三寸名心未死，落个白玉之玷了。天下有了伪君子，我们虽然亲眼看见美德，也不敢贸然去相信了；可是极无聊、极不堪的下流种子有时却磊落大方，一鸣惊人，情愿把自己牺牲了。席勒说："只有错误才是活的，真理只好算做个死东西罢了。"可见连抽象的境界里都不会有个称心如意的事情了。"可哀唯有人间世"，大概就是为着这个原因吧。

我是个常带笑脸的人，虽然心绪凄凄的时候居多。可是我的笑并不是百无聊赖时的苦笑，假使人生单使我们觉得无可奈何，"独闭空斋画大圈"，那么这个世界也不值得一笑了。我的笑也不是世故老人的冷笑，忙忙扰扰的哀乐虽然尝过了不少，鬼鬼祟祟的把戏虽然也窥破了一二，我却总不拿这类下流的伎俩放在眼里，以为不值得尊称为世故的对象。所以不管我多么焦头烂额，立在这片瓦砾场中，我向来不屑对于这些加之以冷笑。我的笑也不是"哀莫大于心死"以后的狞笑，我现在最感到苦痛的就是我的心太活跃了，不知怎的，无论到哪儿去，总有些触目伤心，凄然泪下的意思，大有失恋与伤逝冶于一炉的光景，怎么还会狞笑呢？我的辛酸心境并不是年轻人常有的那种略带诗意的感伤情调，那是生命之杯盛满后溅出来的泡花，那是无上的快乐呀，释迦牟尼佛所以会那么陶然，也就是为着他具了那个清风朗月的慈悲境界吧。走入人生迷园而不能自拔的我怎么会有这种的闲情逸致呢！我的辛酸心境，也不是像丁尼生[1]所说的“天下最沉痛的事情莫过于回忆起欣欢的日子”。这位诗人自己却又说道：“曾经亲爱过，后来永诀了，总比绝没有亲爱过好多了。”我是没有过这么一度的鸟语花香，我的生涯好比没有绿洲的空旷沙漠，好比没有棕榈的热带国土，简直是挂着蛛网，未曾听过管弦声的一所空屋。我的辛酸心境更不是像近代仕女们脸上故意贴上的“黑点”，朋友们看到我微笑着道出许多伤心话，总是不能见谅，以为这些娓娓酸语无非拿来点缀风光，更增生活的妩媚罢了。“知己从来不易知”，其实我们也用不着这样苛求，谁敢说真知道了自己呢，否则希腊人也不必在神庙里刻上“知道你自己”那句话了。可是我就没有走过芳花缤纷的蔷薇的路，我只看见枯树同落叶；狂欢的宴席上排了一个白森森的人头固然可以叫古代的波斯人感到人生的悠忽而更见沉醉，骷髅搂着如花的少女跳舞固然可以使荒山上月光里的撒旦摇着头上的两角哈哈大笑，但是八百里的荆棘岭总不能算做愉快的旅程吧；梅花落后，雪月空明，当然是个好境界，可是牛山濯濯的峭壁上一年到底只有一阵一阵的狂风瞎吹着，那就会叫人思之欲泣了。这些话虽然言之过甚，缩小来看，也可以映出我这个无可为欢处的心境了。

在这个无时无地都有哭声回响着的世界里，年年偏有这么一个春天；在这个满天澄蓝、泼地草绿的季节，毒蛇却也换了一套春装，睡眼蒙眬地来跟人们作伴了；禁闭于层冰底下的秽气，也随着春水的绿波传到情侣的身旁了。这些矛盾恐怕就是数千年来贤哲所追求的宇宙本质吧！蕞尔[2]的我大概也分了一份

[1] 丁尼生（1809—1892），英国十九世纪的著名诗人。

[2] 小的意思。

上帝这笔礼物吧。笑窝里贮着泪珠儿的我，活在这个乌云里夹着闪电，早上彩霞暮雨凄凄的宇宙里，天人合一，也可以说是无憾了，何必再去寻找那个无根的解释呢。“满眼春风百事非”，这般就是这般。

第叁章

迟来的西风

生命的确像一朵火焰，
来去无踪，无时不是动着，
忽然扬焰高飞，忽然消沉将熄，
最后烟消火灭，留下一点残灰，
这一朵火焰就再也燃不起来了。

毕克司达夫先生[1]访友记

斯梯尔 原著

有些人有许多快乐同玩意儿在他们的手头，他们自己却没有享受。所以有谁把他们本有的幸福说给他们听，使他们注意那容易忽略的好运气事情，这倒是一件仁爱的好事。结婚了的人们常需要这么一个教导者。他们看着自己的单调不变的生活情形，悲闷着喃喃埋怨，愁苦地度过他们的时光，但是由别人看来，他们的生活却包含着人生上一切快乐的综合，又是远离人生各种苦痛的躲难所。

我所以想到这点是由于去拜会一个老朋友，他是我的旧同学。前星期他同家眷到城里来过冬[2]，昨天早上他打发人来，说他的妻子请我去列席宴会。我在他屋里同在自己家里一样随便，他们一家人都知道我心里是希望他们好的。我到的时候，孩子们是那么高兴地来迎接，我当时的快乐真是说不出来。当他

[1] 这是斯梯尔的一个假名。——译者注，下同。

[2] 英国有钱人家多半夏天到海边或山上去避暑，冬天就都回去过冬，因为那时候城里特别热闹。

们猜出打门者是我的时候，他们争先恐后跑出来；跑输了的小孩赶紧回转去告诉他的父亲，说毕克司达夫先生来了。这回是一个美丽的小姑娘带我进去，我们起初以为她一定不认识我了，因为他们一家不到城来已经有了两年。她居然还认得我，这变做我们谈天的一个大题目，我一进门就谈这件事情。这说完了，他们和我开玩笑，说出成千成万关于我同一个邻人的女孩结婚的小故事，这些都是他们在乡下听到的。那位先生，我的朋友，就说："不对，若是毕克司达夫先生娶他朋友的女孩，我希望我的孩子会优先被选；这位玛利姑娘现在十六岁了，嫁给他将来定可做个再好不过的孀妇。但是我十分知道他，我晓得他的心给我们青年时节那班社会之花的影子迷住着呢。他对现在的美人连瞧一眼都不瞧。老朋友，我记得当宅拉敏达[1]占住你的心时，你一天中多么常常回家去洗脸、换衣服。当我们来城坐在车中，我还背诵出几首你赞她的诗，给我妻子听了。"这样子回想些久已过去的零碎事情，我们快乐地吃了精美的大餐。吃完了后，他的太太同小孩们全都离开房子。他们一走去，只有我们两个人在的时候，他就拉着我的手，说："我的好朋友，看见你，我心里非常愉快；我曾担忧过你也许不能再和我们全家像今天吃饭这样相会了。你觉得我们这好主妇同你从前由戏院出来跟着她走去，替我找出她的姓名的时候，有什么变更没有？"他说话时，我看见一滴眼泪由他的面颊流下，这感动了我。因为要故意转过话路，我说："她同从前实在有些不同。那时她退还我代你送的

[1] 这是个意大利的名字。十七八世纪的文人爱用意大利名字来叫他们所喜欢的女子。

信，口里说道，因为她是上等社会人，她希望我不要再被人利用来和她捣乱，她并未曾得罪过我，请我好意劝那位朋友不要再干这万不会成功的事情。你或者还记得，那时我以为她所说的是出于真心；你于是不得不找你表哥老威设法，他教他的姊妹为了你同她结识。你不能希望她老是十五岁那么年轻。”“十五岁！”我朋友答道，“啊！你这过独身生活的人，[1]简直不能了解真真被人家爱的快乐是多么广大而甜蜜呀！天地间最美丽的脸貌，不能像我看到这好妇人的时候似的，在我心中引起同样的快感。她脸上颜色的衰老多半是因为我生热病时她看护着劳苦了的缘故。跟着她也病倒了，这病去冬差一点就要把她带走。我老实告诉你，我感激她的地方太多，我对她现在的健康免不了万分关心。至于你所说的十五岁，她现在每天给我的快乐，是从前她美丽还在我也年富力强的时候，我所没有尝到的。现在她每时每刻给我新例子，证明她是多么顺从我的癖好，对我家产是多么节俭留心。由我的眼睛看来，她的容貌比我头一次看她时还美；她脸上的衰老处，我都能由现出那时候起，说出这是哪一回她对我的安宁上的大关心所引起的。所以同时我觉得从前对那过去的她的爱情是被我对现在的她的感谢增加热度了。妻子的爱和平常一般叫做爱的无聊情绪一比较，有雅人的秀美微笑与小丑的粗声狂笑的不同。啊！她是无价之宝。她管理家事，只怕找到别人的错处；这样子她使仆人像小孩一样地顺从她；我们

[1] 凡是做小品文章的人，多数都装说自己是个单身汉而且是饱经世故的老人，因为单身汉同老人对于一切事情常有种特别的观察点，说起话来也饶有风趣。

最低级的仆人做错了事，都有自觉羞耻之心，那在别家小孩子里有时还找不出。我坦白地对你说，老朋友，从她那回病后，以前给我极端快乐的东西，现在倒使我烦恼。譬如小孩子在隔壁房子玩的时候，我由那脚步的声音，认出是这班可怜的小孩，心里就盘算，若他们在稚年失去了母亲，他们怎样办呢？以后我讲打仗故事给男孩听，问女孩洋囡囡的现状，同它和她谈了什么话没有等，各种快乐全变做心里的思虑同愁闷了。”

他正要这么悱恻地往下说，我们的好太太进来了，面上现着的说不出的甜蜜告诉我们，她刚在自己房里找些非常好的东西，来招待像我这样子的一个老朋友。她丈夫看她笑容满面，喜欢得眼睛发光；我看见他的恐惧立刻烟消云散了。这位太太由我们脸上的神情觉察出刚才我们有特别严重的谈论，看了她丈夫的强为欢笑，很担心的同她招呼的样子，就立刻猜出我们谈的是什么东西。她微笑地向我说：“毕克司达夫先生，他告诉你的话，一点也信不得，若是他对身体只管像到城以后这么不小心，我真是常常允许你似的，可以活到再嫁给你。你要知道，他对我说他觉得伦敦这地方比乡下更卫生得多；因为他看见有好几位老朋友、旧同学在这里还是很年轻，美丽的假发后面有着满头的真发[1]。今早我差不多不能阻止他打开胸扣[2]到街上去。”我的朋友一向非常爱她这种有趣的滑稽，便叫她陪我们坐下。她态度雍容地坐下，这态度是聪明女人特别有的；为着要保持她带

[1] 十八世纪上等社会的人，都戴着假发（periwig）。所谓 fullbottomed，就是在假发里面有满头的真发。

[2] 胸前没有扣紧，故意学年轻人的样子。

来的快乐空气，她转过来同我开玩笑。“毕克司达夫先生，你记得你有一夜从戏院里跟我一同出来的；你明晚带我往那里去，领我去前排坐，好不好？”这话引起我们大谈了一会儿现在已经做了母亲，而二十年前在戏厢里出过风头的美人。我同她说：“我看着很高兴，她把她的许多美丽传了下来，我相信无疑，在半年之内她的大女孩子一定会变做被人举杯祝饮的姑娘了。”[1]

我们正在把这位姑娘的幻想的高升拿来说笑，忽然间我们被鼓声吓住了。立刻走进我的教子，他要给我奏一曲军歌。他的母亲半笑半骂地要把他赶出，可是我不肯就这样子同他分开了。同他谈起，我才知道他高兴的时候虽然有些吵闹，他有他的好本领，凡是八岁以内小孩所知道的学问他全懂得。我发现出他是《伊索寓言》的历史大家，但是他明白地告诉我他的意见，他不爱这门学问，因为他不相信那些事是真的。因此我晓得在最近一年他念的东西多半是“希腊的白里安力斯先生”“瓦铁的葛勇士”“七豪杰”[2]，同这么大年纪要看的别个历史家。我察出他父亲对儿子的大胆出众很满意；至于这种娱乐对他是有益的，我由他的批评里看出，那些话他一生都用得着。他会告诉你约翰·黑曲术利夫提处理事情不对的地方，对于撒生敦的毕比斯的坏脾气表示不满意，爱敬圣乔治，因为他是英国的保护神；这样子他的意思渐渐不知不觉地在谨慎、道德同名誉各个观念的模型里熔成。我赞美他的能干，他母亲对我说，今早邀我进来

[1] 英国习俗，年轻人在酒酣耳热时，常高举酒杯，祝当时美人的健康，一饮而尽，在座的也陪饮。

[2] 这些都是英国小孩常看的故事里英雄的名字。

那小女孩在她自己方面比他还渊博。她说倍蒂多半注意神仙鬼怪的事；有时在冬夜把女仆都吓得不敢去睡觉。

我同他们坐到很迟才散，有时讲些快乐的话，有时正经地谈论，始终有一种特别的快乐，这快乐使一切谈天真正发生乐趣，就是我们大家都觉得有一种互相亲爱的情调。我回家，心里想着结婚生活和独身生活不同的地方。我不妨老实说，想起无论什么时候我一死去，没有一点痕迹留在后面，这情形使我暗暗地焦心。抱着这沉思的心境，我回到我的家庭；所谓家庭者就是我的女仆，我的狗儿同我的猫儿[1]。我的境遇如何，只对他们才有好坏的影响。

附注：

Steele做这篇文章后过了半月，又写了一篇《续篇》，*Mr. Bickerstaff Visits a Friend (continued)* 叙述Bickerstaff朋友的太太死时的情形，但是写得太凄惨了，有故意使人掉眼泪的毛病，终不如这篇轻描淡写，漫话一日聚会的含蓄生姿。

——译者

[1] 意即没有妻室儿女。

黑衣人[1]

哥尔德斯密斯 原著

我虽然爱和人们认识，却只愿意同几个人弄得很熟。我常常说的那位黑衣人是个我喜欢同他做朋友的人，因为我很钦重他的人格。[2] 真的，他的态度沾染些奇怪的矛盾色彩；他可以说是以举动滑稽出名的人民里一个举动算得滑稽的人。虽然他慷慨到像浪费，他在人前却假装是个鄙吝鬼；不管他说多少顶下流、自私自利的话，他的心是满涨了无限的爱。我看过他自认是个人类的厌恶者，当时他的脸却因为同情于人们红得发烧；他面容现出怜悯柔情的时节，我听他口里却说脾气顶坏的人所说的话。有人假装仁爱、人道的样子，还有自夸生来具有这副柔软心肠的；他倒是我所看见唯一的人，好像会对自己天然的慈心觉得害羞。他遮盖这情感的努力不下于那班伪君子存起本来冷心肠的费劲；可是在不留心时，他这假面具丢下来了，就是最糊涂的人也会看出他的真相。

[1] 这篇小品是哥尔德斯密斯所著《世界公民》里面的一篇。

[2] 这篇所描写的“黑衣人”就是哥尔德斯密斯自己的人格。

在近来到乡间的旅行里，有一次我们偶然谈起英国对贫民的救济，他好像很惊奇为什么竟有人会心地柔弱地呆到去救济那路上碰着的可怜人，因为法律替他们的生活既然供给得这么完备了。他说："在每个区立穷人院里，穷人都有衣、食、火同睡的床铺，供给得很完全。他们不至于有什么别的缺乏，就是我自己也不想要什么旁的东西，但是他们好像还没有满意。我真奇怪为什么长官不管他们，不把这班连累勤作者的游荡汉关起；我还奇怪天下找得出去周济他们的人们，因为人们同时心里一定会明白，这样干有些像鼓舞人去懒惰、浪费与作假。若是教我去对一个我稍稍有点关心的人说，我一定劝他千万留心不要给他们的假理由哄住。先生，请相信我的话，他们全是骗人的，他们值得关在监狱里，不接受我们的援助。"

他正要这样继续往下说，严肃地劝我不要犯那我实在不常犯的毛病，一个老人身上还有破烂的绸衣碎块挂着来求我们的怜悯。[1]他要我们相信他不是普通的叫花子，他为着要养活一个将死的老婆同五个饥饿的孩子，逼到干这可耻的生涯。我对这类假话，心里早不相信，他的话不能感动我，但是这套话对黑衣人的影响就大不相同了。我看出他脸孔发生变化，最后这故事打断他那滔滔不绝的演说。我很容易看出他心中热烈地想救济这五个饥饿的小孩，但他不好意思在我面前显出他的弱点。当他的同情和自尊两种情绪相冲突、犹疑未决的时候，我故意向别方看，他就趁这机会给了这可怜求乞人一块银洋，同时为着

[1] 可见这个乞丐是个穷困无以聊生的浪子，所以还穿着烂破的锦绣衣服，下面所说甚多，为妻子故才出此下策，自然是句谎言。

说给我听，他故意教他去工作谋食，不要再拿这无聊的大谎和走路人麻烦。

他以为我一点都没有看见，所以我们走时，他还继续同起先一样愤怒万分地骂叫花子；他插说些自己惊人的谨慎同俭省的故事，和他点破装假的大本领。他解释若是他做了长官，他对叫花子的办法是怎么样，露出他要扩张监狱来收容他们的意思，告诉我两件乞丐抢妇女东西的故事。他刚要说第三样相同的故事，一个用木腿走路的水手又走到我们面前，希望能够得到我们的怜悯，祝福我们两腿的健康。我打算走过去不睬他，但是我这朋友仔细地看这可怜求乞人，请我站住，说他要我看他无论什么时候都能容易揭穿这类欺骗者。

所以他用一种严肃的脸孔，不高兴的声音开始盘问这水手，问他是为了干什么事弄得这般身体残缺，不能再执行他的职务。那水手也同样含着怒气地答道，他从前在战舰上做军官，为保护这班在家里没事干的人，在外面打仗把腿打坏了。听这话，我朋友的那种傲慢态度立刻完全消灭了；他没有话再问，他现在只研究他用什么法子能够偷偷地周济这水手。这事倒不大好办，因为他不得不在我面前保持那坏坯子的面孔，却又要设法去救济这水手来救济他自己心中的苦痛。所以对这个人挂在背后、绳子穿着的几包火柴凶凶地望了一眼，我这朋友问他的火柴卖什么价钱；不等他回答，声音粗暴地向他要一先令的火柴。[1]

[1] 火柴是非常廉价的东西，几个便士就可以买许多，自然用不到花一先令来买，而且在十八世纪先令的价值比现在要贵；所以几包火柴用一先令来买，就是等于给他一个先令。水手起先不明白黑衣人的动机，后来镇静一想，才知道他故意以买火柴来掩盖这慈善的行为。

水手起初对他的话好像有些惊奇，一会儿心里明白，将所有火柴都给他，口里说："先生，请将我所有的货都拿去，此外我还送你一个祝福。"

我这朋友带着这新买的东西往前走，那种得意神气是描写不出的。他对我说他坚决相信肯以半价出售东西的人，他的东西一定是偷来的。他告诉我这种火柴各种不同的用处；还说一阵用火柴燃洋蜡比将洋蜡拿到火炉里点会多么节省洋蜡。他用劲地说，若使没有什么对他便宜的地方，他绝不会拿钱给这班流氓，同他不至于拔下牙齿送给他们一样。我不知道他这对节省同火柴的赞美要往下说多久，若使他的注意不转到一个比前面两个更悲惨的情形上去。一个衣服褴褛的妇人，手里抱个小孩，后面背一个，勉强地唱些小调求乞，她的声调是这么凄凉，听的人分不出是唱还是哭。[1]一个可怜人在深深的苦痛里，却要强为欢笑，这情景我的朋友绝对忍耐不下，他的高兴同谈话即刻停住了，这回他也忘记去扮假面目了。甚至于当着我的面儿，他立刻伸手到衣袋里去掏钱来救助她；当他发现他带在身边的钱已完全给从前两个了，读者，你猜一猜他那时焦急的样子。那女人脸上现的哀容赶不上他面上苦恼的一半。他继续掏了好几次，都没有达到目的，等到最后他自己记起，用种说不出的和蔼态度，他将他那值得一先令的火柴送到她手里。

[1] 英国穷女人常在街角屋旁，唱着歌谣小调，向行人要钱，有时还弹奏手风琴和着。

青年之不朽感

哈兹里特 原著

没有年轻人相信他将来会死，这是我兄弟的话，真是一句妙语。年轻人总觉得他是能够长生不老的，这情绪就可以赔偿我们一切的苦痛。青春时期的人可以说是个神仙。一半的光阴固然是用过去了——但是我们还有另一半预备着给我们用，包含了无穷的宝贝，因为我们不能够划清一条线，说下半生是那时截止，而且我们的希冀同愿望又是没有限度的。我们把将来都算做我们的——

> 我们前面浮现有浩大无边的风光。

死同老变成没有意义的字，不过是梦幻的东西，和我们满不相干的。旁人挨过或者现在正受死和老的苦——我们却像有一种神秘的生命，敢对这些无聊的空想嘲笑。像一个快乐旅行开始时节，我们睁着热烈的眼睛前望，向远处的美景欢呼。

我们走时，新东西接连地现在眼前，好景后面又有好景，简直没有尽处；同样的在我们生命起首期间，我们有不尽的愿望，我们以为满足愿望的机会也是无穷的。我们还没有碰到障碍不想歇步，仿佛我们可以永久这样前进。我们环视这充满生机、进步不停的簇新世界，自己觉得也有精神力气可以跟它同走，我们现在看不出什么预征来推测将来我们会落后衰颓到变做老人，最终坠到墓里去。这是青春时我们知觉的感单性，也可以说是抽象性[1]（我们可以这样讲），使我们同自然合一（因为我们经验既少，情感又强），使我们想能够同自然一样长存不朽。我们痴痴地恭维自己，以为我们这种和生命暂时的结合会永久不破。像小孩微笑着睡觉一样，我们在期望的摇篮中[2]荡漾着，被环绕四旁的世界声音弄得静默地住在梦想的安全无忧的境界里——我们焦渴地去饮生命之杯，并没有饮完，快乐同希望好像老满到杯缘地盛在杯中——一切东西紧紧地围着我们，我们心中只去想这些东西的广大复杂同它们引起的欲望，所以我们没有空去想到死。我们这种醒时做的好梦太新鲜灿烂了，我们的眼睛太迷眩了，我们因此看不见那躲在远处等着我们的暗淡影子。就是说我们看见了，生命是这样紧地把我们擒住，它也不许我们分心那里去。我们真太给现在的事物吸引了。当青春的精神还完好无缺地存着，在“生命的酒饮干”[3]以前，我们好似喝醉

[1] 年轻人多半偏于理想，对于一切事情缺乏具体的了解，所以说“年轻人情感的抽象性”。

[2] 年轻人整天在希望里做梦，虽然世上波涛汹涌，也能够快乐地嬉笑过日，所以希望是我们的摇篮，使我们获得片刻的安眠。

[3] 把生命比做一杯酒，我们一天一天过去。好像是一口一口细尝着人生的滋味，及至真懂得人生味道的时候，杯已干了，死的时期也到来了。

了酒，或者有热病的人，给自己强烈的感情带着走：一定要等到对当前的事物开始觉得乏味，爱干的事也灰心了，最密切的关系也割断了，我们才渐渐地忘却这世界，感情也没有那么猛烈地抓着将来，我们慢慢开始惨淡地想我们同世界永久分离的可能性，好像由一面镜子里看出。在那时期以前旁人的例子不能影响我们。不测的变故，我们避着不想；老年慢步的袭来，我们对他要捉迷藏。像斯天[1]书里所说那个傻胖的厨子，听到他主人蒲伯死的消息，他唯一的感想是“我却没有死”，我们通常也是这样。提起死这观念不仅不能把我们这自信摇动，倒反给我们现在享有生命的自觉增加了力气。别人可以落叶般死在我们的四旁，蔓草也似的被“时间”的镰刀割下[2]；这些话由那不假思索、意气飞扬的耳朵同自负不凡、妄加臆断的青春听来，不过是几句漂亮的比喻就是了。非等到“爱情”“希望”“欣欢”的花一朵朵枯萎在我们四周，我们是不肯弃去以前引着我们向前走的幻影，到那时横在我们面前的空虚无趣的将来才使我们假说地不怕那坟墓里的寂静。

生命的确是一个奇怪的礼物，它的好处是非常神妙的。[3]所以这件事用不着纳罕，当这礼物初给我们的时候，我们的感谢、赞美同快乐阻止我们记起我们本身的空虚渺茫，或者想到生命有一天会讨回去。我们生来第一次最深的印象是由对着我们开展的

[1] 斯天，十八世纪的英国的小说家，著有 *Tristram Shandy* 等书，以诙谐多感著名。

[2] 神话中“时间之神”拿着一把镰刀，表示许多东西随时消灭，好像给镰刀刈去的一样。

[3] 所谓生命的“特权”，就是生命所给我们的各种趣味同快乐。

伟大自然得来的，我们不自觉地将自然的永存不灭性同壮丽辉煌处全移到自己身上。才得到世界，我们自然谈不到同它分手，最少也把这想头老是迟延着不提。好似在市场游玩的乡下人，我们心里充满了奇怪同高兴，并不想回家或者天快黑了这些事情，我们只能够根据自己去了解生命，我们又把知识同它的对象混在一起。因此我们同自然打成一片。若不是这样子，那种幻觉，那种请我们去吃的“理智之宴同心灵之酒”，全变做有意的讥笑同残酷的侮辱了。通常看戏要等最后一幕演完了，灯快灭了，我们才走出戏院。“自然”神仙般的宠儿老是美丽照耀在宇宙的舞台上：在这出戏闭幕以前，或者当我们还看不清做的是什么的时候，我们也得被召了去吗？像小孩一样，我们被“自然”，我们的继母，捧起看一下西洋镜，不一会儿仿佛捧我们她也要费什么力气，又将我们放下了。可是，天下没有一件好东西不显在这镜里，像一个宇宙的跳舞或者大宴会。

看蔚蓝的苍天，金黄的太阳，舒卷的大海；走这碧绿的大地，做千种生物的主人；由张开大口的悬岩下望，或者远眺向阳的山谷；看世界像张地图展布在我们脚下；用天文仪把星拿近些来瞧；由显微镜看最小的昆虫；阅读历史，细想国家的革命同时代的递变；听到泰尔、锡顿、巴比伦同苏沙的功绩，口里说这些全在我以前，现在却全化作乌有了；讲我是活在这一时期，这一地方；做这常动不停的世界舞台的观客，同时又扮一个角色；观察春夏秋冬四季的变换；尝到冷热苦乐美丑善恶的不同；感觉到自然界的变更；细味那耳朵眼睛给我们的伟大世界；静听深林里斑鸠的歌调；旅游高山同泽地；午夜里默聆颂圣的乐声[1]；到灯烛高照的大厅，或者赞美那壮大教堂的沉郁气象[2]，或者坐在拥挤的戏院里看生命本身拿来嘲笑[3]；研究艺术品，将审美能力磨炼得使自己苦痛；崇拜名誉，梦想长生；瞻礼教皇的皇宫，诵读莎士比亚的戏剧；积起古人的智慧，再去探索将来；听战场的鼓角和凯旋的欢呼；根据着历史来考察人心的演化；找求真理；主张人道，俯视世界好像时间同自然倒出它们的宝贝在我们脚下——做这么复杂一个人，干这么多事，刹那间化作乌有——这么多的东西像幻影或者耍把戏的东西忽然由我们夺去！[4] 由这么复杂的境地一变变做什么都没有，这一转真够惊吓我们，沮丧那满涨了希望同快乐的少年热血，所以我们远避这令人不安的思想。当开始享乐人生的时候，我们丢开这欠债同迫偿的恐惧，就没有想起我们最后要还“自然”这笔大债。[5] 学是无涯，这我们晓得；我们恭维自己说生也是一样地无涯。我们知道要干一件事，我们遇着无限的困难同停顿；尽美尽善的地步是慢慢得到的，那么我们应当有时间去完成工作。我们所仰慕的大人物的盛名是不朽的，可是我们这班默想这盛名的人也能得些那什么也灭不了的灵气吗？屋能勃兰[6] 所画的或者“自然”所表现的一个皱纹，我们

[1] 指圣诞之夜礼拜堂里的唱歌班。

[2] 大礼拜堂进去很深，光线多半不好，所以有阴郁沉雄的气象。

[3] 把真真的人生缩小起来放在舞台上，岂不是同人生开玩笑？此句或可解作“悲剧里面，命运故意和人们捣乱，冷酷地在旁嘲笑我们的孱弱无力”。

[4] 变戏法人能够将东西忽然变丢了。

[5] 我们的身体本来是大自然给我们的，所以死去等于“将这笔债还给大自然”。

[6] 一个阴影画得工巧的画家。

要花好几个整天才把它分析清楚，了解中间柔松尖硬的程度；我们陶炼那完好的东西，发阐出自然的奥妙。将来要干的事情有多少！我们已经动手做的工作是多么伟大！在事业没有成功以前，我们要被阻止吗？这样用去的时间，我们不把它算做丢了，这样花的劳苦，我们不说是白费；我们没有灰心，也不厌倦，而且对这做不完的工作，我们的力气日日增加。这些我们已经动手，和“自然”也说好了，要干的事情，“时间”会鄙吝地不给我们光阴去弄完成吗？这功败于垂成之际以后的时间，为什么不送给我们呢？我曾经连着几个钟头细看一张屋能勃兰的图画，不觉时间的飞过，只是每回都带着新的奇怪同快乐想，不仅我这一生，就是再有一生也可以这样地过去。这种高雅微妙的生活似乎是不会有终止的，没有限定日期，也并不包含有衰颓的分子。我这个看画的人化做蠕虫的食料后，这画还可以留存好久。死这回事像个完全不合理的，我们平常的健康、力气、嗜欲没有一个情形对这死的观念不是相反的，一定要等到我们的幻觉毁灭，我们的希望冰冷，我们才预备去相信天下有死这一回事。年轻时节一切东西因为新鲜同别的原因特别有力整个地印在脑上，我们以为没有东西可以抹去或者破坏这些印象。这些印象钉在脑中，由我们看来是我们的一部分了。我们相信要丢去这些印象必定用暴力，天然的朽腐是不行的。我们这种信力坚固时，我们好像将长生的快乐在意想中提前享来。所以靠着强烈的领悟，我们熔化几十载做了一刻，用了这关于未来的推测，我们来抵抗时间的蹂躏。那么若使我们生命里一刻就值得几十载，我们对生命全体的价值同长短还要加什么限度吗？我们不是有时对自己的生命没有终点这样的事很有把握，当一个人独在一块心里不耐烦想翻些新花样的时候，我们对这由我们看来同爬着一样慢的时间步伐真觉厌倦，私下打算倘然时间老是这般蜗牛似的无聊地移动，这时间简直过不完？我们心爱东西还没到手时节，我们多么愿意牺牲这中间的时光，一点也没有想到不久我们会感到时间走得太快了。

至于我自己，我生在法国革命时期，我活到——唉呵！——看见它的终局。可是我并没有预料到这结果。我的生命跟这自由的曙光同来，我从前没有想到多么快这两件东西都要沉灭。这给人们以狂热的新刺激，也给我的心一种同样的热情；那时我们都意气雄壮，大可以同跑一趟光荣的路，我万想不到在我的生命还没有尽以前，自由的朝阳居然早已化做赤血或者又落到专制的黑夜里。我自认从那时候起我就不再觉得自己是个青年，因为我的希望跟着也倒下了。

以后我转过心来，把早年事的回忆想零零碎碎地收集起来，写下备我自己有时翻看。我向将来的前进被截止了，我只好向过去找些安慰同鼓舞。所以当我们发觉自己实实在在的生命渐渐离开了我们消灭，我们就努力在思想里去得一个反映的，可以拿来做代表的生命[1]：我们不愿全部沦亡，希望最少我们的名字可以传到后世。当我们能够使旁人心里想到我们心爱的思想同切己的事情的时候，我们并不像完全退出这舞台。我们在旁人心中还占有地位，对他们生出影响，化做尘埃的只是我们的身

[1] 我们的过去同我们的思想都是我们全人格的一部分；把这些写下，也可以做我们的代表。

体；我们喜欢的思想还是受人欢迎，在世人眼中我们有同样的地位，或者比生时更要出色。这样子，就可以满足我们自爱的要求，一个紧迫毫不放松的要求。而且若是我们知识的优长能够使我们肉体死了，精神不死，那么用我们的道德信仰，我们亦可达到对别人发生趣味，自己生活也可以有更高尚的境界，这样子我们同时能做天使同人们的伴侣。[1]

自然之声是从坟墓之中出来；

他们昔日之火焰仍存在我们的灰烬之中。

我们年纪一大，我们明显地感觉到时间的宝贵。真的，别的东西全没有什么重要的。我们老是奇怪，已经有过的为什么会变做没有。我们知道许多东西总是一样的丝毫不差：那为什么我们会变老呢？这念头叫我们加紧地抓着现在，使我们深感到我们看见的一切是空虚幻假。丢失了在初尝生活同一切东西时候的那种丰满流畅的少年精神，什么都是平凡无味——世界变做一个粉饰的坟墓，外面是漂亮的，里头充满了蠕虫争食同一切的不洁。世界是一个女巫，拿假玩意儿来骗骗人。但是青年的老实、不疑的期望、无涯的欣欢全消散了：我们只打算怎样好好地走出世界，没有碰什么大麻烦或者大祸患。幻觉的灿烂丢了，就是那怡然自乐，对过去的快乐同已灭的希望的回忆也找不到；若是我们办到能够没有受侮辱地走出生命行列，身体也无大损

[1] 人虽然跻身在神仙之列，心却仍流连于人间的祸福。

伤地逃出，在归到大虚以前心境可以修养得同槁木死灰一样的恬静安宁——这就是我们最大的希望。我们不在死时完全死，老早我们就已经渐渐地腐朽了。机官随着机官，趣味随着趣味，一个个癖好继续掉去；我们活时节，生就已由我们身上剥去，“岁岁年年人不同”，死不过是将从前的我们的最后剩下的残碎搁在墓里。我们这样次第消磨下去，一直消到没有，用不着什么惊愕。因为在我们年富力强的时期，我们最深的印象也不过暂时留在脑中，我们本是受细微环境支配的动物。我们一生中最好的时期中，所读的书，看的事情，受的刺激对我们生下的影响是多么少呀！试想读本好传奇（比方说，司各德[1]的）的时候，我们当时感情的经验如何；多么壮丽，多么有趣，多么使人心碎！你一定猜这些情调可以常留不灭，或者将你的心化做同样气质腔调：我们念时节，好像天下没有什么事情能够搅乱我们这心境，或者使我们感到麻烦——但是一走到街第，脚上玷污了的第一块泞泥，被人骗去的第一个两便士就够使我们的情调由心中完全隐没去，我们变做微末、麻烦的环境的战利品了。[2]我们的心虽然向高尚卓越处飞翔，它却总是和卑污的、可厌的以及微小的事情熟识。然而我们还是奇怪老人身体会衰弱，爱发牢骚——少年人的青春会萎谢凋零。实在说起来，天上同人间这两世界合起来，也不容易满足我们过度的希望同骄傲。

[1] 司各德，十九世纪英国浪漫派的小说大家，著作甚多，以写历史小说（偏于苏格兰及中古时代的）名于世。

[2] 读者千万不要误会哈兹里特是主张唯物史观的，他在另一篇小品《思想与行为》里曾主张意志万能的学说。

伉俪幸福

斯梯尔 原著

我的妹夫脱兰启拉斯离开了伦敦，要好几天才能回来，我的妹妹真妮遣人传话，说她想来望我，和我同餐，所以最好是没有别人在座。我就照着她的话办去，看她端庄地俨然一家的主妇样子走进房来，我心里的确非常喜欢，我想这种态度于她是很合宜的。我一看就晓得她有好多话要对我说，从她的眼睛同脸上的神情，我很容易猜出她心中是十分满意的，正欲说给我听。但是，我已经下了决心，要让她自己讲出那一套话，因此她不得不用千般小计同暗示，希冀我会向她提起她的丈夫。一看到我是决意不说到他的名字，她只好自己先说出来了。“我丈夫，”她说，“问您的好。”我仅淡淡地答道：“我希望他也很好。”不等她的回话，立刻又谈到别的题目上去了。最后她真生气了，微笑着，含嗔带恼的样子，我从来没有看见她有这样可喜的风姿同豪爽的气概。她对我说：“我真没有想到，哥哥，你的性情是这么乖僻。我一进了门，你就知道我是一心一意打算来同你谈论我的丈夫，你却偏不肯给我机会，这也未免太狠心

了。”“我不知道，”我说，“也许你讨厌这个题目。你总不至于以为我是一个陈腐古板的老头子，款待一个年轻姑娘时候，会用她的丈夫来做谈话题目。我晓得她所最喜欢听的是谈论她的未婚夫，但他变成了她的丈夫，我们去谈论呵（就要讨没趣了），真的！真妮，我并不像你所想的那样子不懂礼节。”听着我这几句调侃，她稍稍有些不悦神气；从她这种昂头自许、愤愤不平里，我看出她期望人们此后不再看她是真妮·的斯塔夫姑娘，却是以脱兰启拉斯太太之礼待她。她这种新心境我也很喜欢；跟她闲谈几件事情，我免不了觉得她丈夫的癖性同态度很显明地现在她的论断里，她的词句里，她的声调里，甚至于她脸上表情里。这使我感到不可言喻的快乐，不单是因为我替她所找的丈夫能够教她这许多值得赞美的举动，并且因为她这样模仿他我认为是她整个心儿爱他的最好表征。这种推测我未曾看见有不应验过，虽然我记不起有谁说过这个意思。女性天生的害羞使她不便向我明说她自己的爱情是多么热烈；但是当她描摹他的性格给我听的时候，我很容易窥出她的真情。“我所能希望的好处，”她说，“脱兰启拉斯真是完全具有；你先前告诉我一个良好的丈夫会给他的妻子以爱人的眷恋，父母的慈爱同朋友的亲密，这些快乐我全能够由他那里得到。”我不禁狂欢，看她说的时候双眼满溢着挚爱的泪。“好妹妹，”我说，“得到这样一个人是不是比在跳舞会里、集会里，穿着妖娆的衣服做出小小的胡闹快乐得多，我从前却费了天大的劲儿才劝服你看轻那些东西。”她微笑地答道：“脱兰启拉斯在几个星期里说得我痛悔前非，变成另外一个人，虽然我恐怕你就是劝了一生也做不到这样地步。老实地告诉你，我现在只有一个恐惧徘徊在我心里，常常当我在万分满意之中，使我顿然感到烦恼：你一定知道，我怕的是在他眼里我不能够永久保存像目前这么可喜的模样。你知道，毕克司达夫哥哥，你有魔术家之名，若是你能够传给妹妹一种驻颜的秘术，我的快乐真是胜过于我做了大千世界的主人，就是你在星夜里指给我看的——”“真妮，”我说，“用不着向魔术求助，我要教你一个简单的法则，绝对能够担保脱兰启拉斯永久那样钟爱你。你的性情又温和、又合理，在男人眼里你始终是一个可喜的人儿。努力于取得他的欢心，你就一定会得到他的欢心；永久保存着你现在求这种秘术时候的心情，我敢包你绝对不会有需要这种秘术的机会。一种不可侵犯的贞节，欣欢的心境同温和的性情，在标致庞儿的各种娇媚引力丢失之后，仍然能够继续存在，并且会使她的爱人看不出她容颜的渐渐衰老。”

关于这点我们谈了好久，我俩同样地喜欢讨论这个问题；我要承认，因为我很深切地爱她，所以当我为着她的好，去教导她时候，我觉得非常快乐，她自己接受这些教训时也是同样地快乐。因此我就将这类意思恳切地开导给她听，告诉她我自己偶然晓得的一段奇怪事情的经过。

有一回，我们几个人正在乡村的一位朋友家里宴饮，教区里礼拜堂的下级职员稍有些惊愕神气走进房来，告诉我们，当他在圣坛旁边掘墓的时候，他的鹤嘴锄轻轻一击，却打开了一口朽烂的棺材，里面有几张写着字的旧纸。我们的好奇心立刻动起来，就走到这位下级职员刚才工作的地方，看见一大群人围着墓旁。内中有一位老妇人告诉我们，埋在里面的是一位贵妇；

至于她的名字，我觉得不便提起，虽然这段故事没有一点不是增加她的荣耀的。这位贵妇过了几年伉俪之爱的模范生活，她丈夫去世后没有多久她也跟着死去，她的丈夫在道德同感情两方面可以说都配得上她的性格，她弥留时要求他所写给她的信——结婚以前同以后的，全要埋在棺材里，同她在一块儿。我检查后，知道所说的信就是我们面前这些旧纸。有几封因为过了这么长的时间，变得破碎不堪，我只能东鳞西爪地瞧出几个字，像“我的灵魂！”“白百合！”“红蔷薇！”“最亲爱的天使！”这类的话。有一封是全篇都可以看得清楚的，内容如下：

小姐：

若使你想知道我的爱情是多么热烈，请你想一想你自己是多么美丽。你那如花的庞儿，雪般的酥胸同婷婷的身材，无时无刻不是回绕在我的想象里；你那双眸的光明阻碍我不能关闭我的眼睛，自从前次同你会面时起。你还能用嫣然一笑来增加你的美丽。你一皱眉就会使我变成世界里最可怜的人，因为我是世上最热烈的情人。

拿信里所描状的话同本人现在的情形一比较，大家都觉得悲来填胸，因为现在只剩得几块将变成齑粉的残骨同一小堆快要崩解的尘土了。费了很大的劲，我又读出另一封信，开头是，“我亲爱的，亲爱的妻子”。这触起我的好奇心，想去看一看结婚后所写的同求婚时所写的文字有什么不同。我真是非常惊愕，看到眷恋之意却倒增加好多，并没有减少，虽然所赞美的是另一种的好处。信里的话如下：

在我们这次小别之前，我真不知道我实在是这么爱你；虽然那时我也以为我是尽了爱的力量爱你。我现在非常恐惧，只怕你会有什么麻烦，我却丢失了分忧的机会，我自己也不想有什么赏心乐事，当你不能和我共享的时候。我求你，我亲爱的，好好保养自己的身体，若是不为别的，那么就为着你知道倘然你有什么不测，我是不能独生的。当人们离居时候，常常会说“我心匪石，梦寐不忘”这类的话，但是对于像你这样值得怀念的人，我的忠实几乎不能算是一个难能可贵的美德，尤其是这不过报答你待我的种种诚恳，自从我们初次认识以来，你是不断地常常给我你挚爱我的证据。——你的……

我念这封信的时候，刚好这对贤良夫妇的女儿站在旁边。一看到这口棺材，里面躺着她的母亲，放在她父亲的遗体邻近，她简直化做一个泪人儿。我曾经听过人们说她的德性非常好，现又看到她是这么纯孝，我摆不脱我的老癖性，总爱教导年轻人们，所以我就对她说出一番话。“年轻的小姐，”我说，“你看‘自然’很慷慨地给你的那类美姿容的据有期间是多么短促的。你晓得你眼前这个悲伤的景象同你刚才所听的关于这件事的第一封信的话是完全冲突的；但是你可以说赞美你母亲的节操的第二封信居然能在这里发现，到可以证明你母亲的贞洁、诚挚。不过，小姐，我应当告诉你，不要想躺在你面前的死体是你的双亲。你要知道，他们真挚的爱情得到了酬报，他们实现有比这种同穴更尊贵的结合，他们处在极乐的世界里，不会有第二次离别的危险同可能的。”

恶作剧

艾迪生 原著

我要将下面这封信刊登出来，做读者今天的消遣材料。

先生：

你很知道我们是世界里最负盛名的产生所谓“怪人物”同“滑稽家”的国家；所以人们说英国喜剧里人物的新奇同复杂是无论哪一国的喜剧也赶不上的。

我们国家所产生的数不尽的种种怪人物里面，我看起来最觉得奇怪有趣的是那班异想天开，弄出很特别的把戏，替自己或他们的朋友们寻开心的人们。我的信要单述一种怪人物，他们最喜欢召集一班具有同样特点的客人，使人们看着会觉得滑稽可笑。我要用下面这个例子使大家来明了我的意思。前代有一位滑稽家拥有很厚的财产，他却以为开玩笑花的钱是用得最值得的。有一年他住在巴斯[1]，看到那一大群的时髦人们里面有好几个是长下颌的，他

[1] 那里有极好的温泉，是十八世纪里英国时髦的人们聚集的地方。

自己脸上的这一部分也是很出色的，他就宴请十位这种出色的人物，他们的嘴都生在他们脸孔中间。他们一坐在桌旁，立刻开始彼此睇视，想不出他们怎么会聚在一堂。我们英国的俗谚总说：

满堂都是胡子，
大家一定笑哈哈。

我现在所说的这群人也是一样的，他们看见当饮食谈话的时候有这么多脸孔的尖锐下颌老是摇动着，又看到在会这许多的下颌常常在桌的中央相碰，每人都了解了内中的滑稽意味，大家非常高兴。从那天起他们变成很好的朋友，有什么事彼此也帮忙得很周到。

这位先生后来他又聚集一班他所谓送秋波的人们，就是那班带有不幸的斜视眼的人们。他这次的开心是在观看这许多破碎曲折视线里的一切射眼箭，误会的表示同不经意的目许。

这位哈哈笑先生的第三次大宴会是请口吃的人们，他集合够坐满一桌的人们。他先叫他的一个仆人坐在布幕后面，将他们酒桌上的谈话记下，这是很容易办到的，用不着速记的帮助。由所记下来的看起，虽然他们的谈话没有停歇，食第一道菜的时候他们还说不到二十字；等第二道菜捧上的时候，有一位在座的整整费了一刻钟工夫，只说小鸭同龙须菜都很好；还有一位花了同样久的时间宣布他也是这样子想的。可是这次开玩笑的结果没有前回那么好，因为有一位客人是个勇士，一肚子的愤怒不知道怎样发泄好，走出房子，送来一张写的挑战书给这位诙谐主人。虽然经过朋友们的从中斡旋，这个决斗也就取消了，但是他也因此停止了这类好笑的宴会。

先生，我敢说你一定会赞成我的意思，以为这类开玩笑既然没有寓了什么深意，是应当阻止的，认做这全是不幸的举动，并不能算为诙谐。但是我们会自然而然地将别人所想出的东西渐渐地修改好，并且单单一个人，不管他有多大本领，总不能够既发明出一种艺术，又使它达到尽美尽善的地步——我现在要告诉你我所认识的一位忠厚绅士，他听到前面所说的那种滑稽，自己也来干一下，却努力于使它变做有益于人类的东西。有一天他宴请六七位朋友来，谁也知道他们个个都喜欢在讲话时用几句特别的赘语，像“你听到我的话没有”，“你知道吗”，“这就是说”，“所以，先生”。每个客人常常用他特有的这些雅句。坐在旁边的人看来自然觉得很可笑的，于是这位邻座人会想到自己，觉得自己在别人眼里一定也是同样的可笑，这么一来，他们没有坐多久，每个人都是万分谨慎地谈话，小心避免他们心爱的冗字，他们的谈话因此丢去了多余的词句，包含有更多的意思，虽然没有那么多的声音。

这位好心的绅士后来得便又聚集另外一班朋友，他们是沉溺于诅咒这个坏习惯的。为的是要指出给他们看这种习惯的荒谬，他就使用前面所说的那个妙法，在房子里看不见的地方安置一个书记生。喝完了两瓶酒，人们不拘地说出心里话的时候，我的这位忠厚朋友看出他们坐下酒桌后在他家里说出许多响亮震耳的废话，他们丢失了不少有意思的谈话，全因为他们要乱说这类用不着说的词句。“他们一定可以集了一大笔的款给穷人们，”他说，“若使我们实行一种法律，彼此互相监督，说一句诅咒就要罚款。”他们都是没有生气地接受这句温和的谴责。他跟着就告诉他们，因为他知道他们的谈论不会有什么秘密，所以他叫人记下，为着好玩起见，要将写下的念出，若使他们愿意。一共有十张，折实起来只有两张，假使没有我前面所说的那种可恶的插话。冷静地念出来，那仿佛是魔鬼聚会的谈话，不像是出自人的口里。总而言之，每人恬静地听到他在谈话时兴高采烈、毫不留意所说的诅咒，个个都战栗起来。

我只要再说他的另一次宴会，他用同样的妙策去医好别一类的人们。他们是文雅谈话的烦累，他们的白费时间是不下于前面所说的两种人，虽然他们是比较天真些；我指的那班爱说故事的无聊人们。我朋友找到六七个相识的人，他们全染有这个奇病。第一天，他们里面一位一坐下来就说到那慕尔[1]的被围，一直讲到下午四点钟止，那是他们离别的时候。第二天，所有的谈论全给关于苏格兰人的故事所占有，简直没有法子使他停止，当他们还坐着谈天的时候。第三天也是同样地费在一篇同样长的故事的叙述里。他们最后想到这种互相对待未免太野蛮了，因此他们从这类昏睡里醒来，他们患这个毛病已经有好几年了。

因为你在某一篇文章里曾经说过人们古怪奇特的性格是你所最喜欢的野味；我又觉得在这类观察人情的作家里你是最伟大的猎夫或者可说是一位宁禄[2]——若使你肯让我这样称呼你，所以我想这封信里所说的新发现你一定是很愿意听的。

先生，我是你的……

[1] 慕尔是比利时的一省，接近法国。

[2] 宁禄，“为世上英雄之首。他在耶和华面前是个英勇的猎户”（见《圣经·创世纪》）。

悲哀

约翰逊 原著

关于扰乱人心的种种热情，我们可以说，它们是自然而然地急趋于自己消灭之途，因为它们鼓励同加快它们目的的实现。比如恐惧催促我们的逃走，希望激发我们的向前；若使有几种热情或者因为受了我们的放纵，弄得丢失了它们达到目的时候所该有的好处，贪婪同野心就常常是这样子，然而它们目前的志向还是想得到幸福的工具，那幸福又是真正存在的，大概是可以望得见的。守财奴总是以为有个数目能够使他心满意足；每个野心家，像皮洛士王[1]一样，心里有个最想占有的东西，得到这个东西，他的穷苦就告终止，此后他的余生要在舒服或者作乐、休息或者虔信里过去。

悲哀或者是胸中的唯一情感，不能够应用这几句概括的话，所以值得那班想干保持心境的平衡这个艰难工作的人们的特别注意。其他的热情的确也是种毛病，但是它们必然地使我们得到适

[1] 皮洛士是希腊的伊庇鲁斯国王。

当的医治。人会立刻感到苦痛，知道应当用的是什么药，他会更快地去找这个药，因为需要这药的病是这么苦楚的。因此，靠着那永不会错的本能，会将自己医好，好像伊恩力亚人[1]所说，克里特岛[2]上受伤的鹿会自己去找治创的野草。但是关于悲哀，却没有什么天生的治疗，因为悲哀的产生常是由于无法补救的意外事情，它又使人们注意着那已经不在的或者是情形已变的东西。它绝没有希望能够得到它所需要的，它需要自然律会取消去，死者可以复生或者既往可以追回。

悲哀不是对于失检或者错误的惋惜，那倒可以鼓舞我们将来的小心或者勤作；也不是对于罪恶的痛悔，不管那罪恶是如何无可挽回的，我们的“创造主”却答应肯将这种痛悔当做赎罪。从这几种的缘因所引起的苦痛还有很大培养精神的效力，并且靠着认清祸根而痛改前非，我们能够时时刻刻减轻这个苦痛。悲哀却是一种特别心境，那时我们的欲望全放在过去上面。没有往前向将来去着想，不断地希望有些事情从前会不是那么样子，对于我们已经丢失，无法再得到的几种欢娱或者所有物，怀有一个急迫难忍的需要。许多人沉到这类惨痛里，因为他们的财产忽然减少好多，或者他们的名誉意外地遭瘟，或者是丧失了子女或者朋友。他们受此一个打击，就让自己一切对于快乐的感觉全归于毁灭，终其身再也不想去找别个对象来做替身，填补这个遗憾，甘心度个苦闷愁郁的生涯，消磨自己于无益的自苦里面。

但是这个情感的确是深情挚爱的自然结果，所以不管它是多

[1] 是古希腊三大民族之一。

[2] 是地中海里隶属于希腊的一个岛。

么苦痛的，多么无用的，在相当的情境之下，若是我们没有感到悲哀，那又是该受责骂的。悲哀的势力又老是那么广大，那么持久，所以有些国家的法律，和有些国家的习俗对于因为亲密人们的死亡同一家骨肉的永诀所产生的悲哀的露泄于外的时期，有一定的限制。

大多数人们好像都以为悲哀在相当程度之内是值得赞美的，因为它是胚胎于爱的，或者最少也是可以原谅的，因为它是人类弱点的结果；但是我们不应当放纵它，让它滋长，要在一定的时期之后，勉强从事于社会上的义务同人生日常的职务。起先原是无法避免的，所以我们只好让它去，无论我们是愿意还是不愿意；后来也可以看它是我们对于逝者的敬爱的一种适当亲切的证据；既是天生有情，当然免不了受了感触，并且我们的哀戚还可以使世人看出逝者的价值。但是在悲情爆发同严肃仪式之外的悲哀，那不只是无用的，而且是有罪的，因为我们没有权利将上帝派给我们用来做分内事的时间，牺牲在无益的渴望里面。

然而这样规规矩矩地开头的悲哀太常弄得坚固地霸占着我们的心，以后简直没有法子把它驱逐出去；那群惨然的观念开头是蛮横地印到心上，后来是愿意地吸收进去，垄断了我们全部的注意力，因此压下一切的思想，遮暗欣欢的心情，搅乱推想的能力。一个变成习惯的悲哀捉着灵魂，所有的感官全范围在一个对象里面，这对象没有一回想到时，便会引起绝望的痛心。

从这样沉闷的心情里是很不容易升到欣欢喜乐的境界，所以许多厘定精神健康的法则的人们都以为预防剂是比疗病物容易奏效得多，教我们不要心倾于喜欢的享乐，也不可尽兴地去钟爱人们，却是要使我们的心老是超然地悬在冷淡的境界里，那么我们四围的对象尽可变迁，我们却不会感到不便，或者有甚牵情。

一字不差地守着这条法则或者可以帮助我们得到恬静，但是绝不能够产生幸福。他既是对于谁都没有关切到怕丢失了他们，这样的人一生里也尝不到受人们的同情和信任的快乐；他一定是感不到柔情的爱恋同慈悲的热心；有些人有本领使人们高兴，跟着自己也得到应当得到的快乐，这种乐趣他也是没有份儿的。因为没有人配索取比他所给别人的更多的情谊，所以他该丧失他本来应得的人们对他的小心翼翼的殷勤好意，那是只有爱才能向人要来的，同宽恕仁慈的恳挚情感，靠着它爱才能减轻人生的苦痛。他是该受心中有更多的热血的人们的忽视同怠慢；因为谁肯做他的朋友，若是不管你怎的专心地去求得他的好感，替他干了多少事情，他的主张却不让他同样地来报答你，并且当凡是好意所能的事情，你全干完了的时候，你充其量只能使他不做你的仇敌？

想保持生活在冷淡中立的状况里是一种悖理无谓的举动。若是单单将欢乐赶出，我们就能把悲哀摈之户外，那么这个计划是值得很严重的注意。但是既然不管我们怎样不准自己享受幸福，祸患还是找得出许多的进口；虽然我们可以不受快乐的引诱，免丢因此而起的苦痛，苦痛的来袭还是会迫得我们不能不注意，我们有时真该努力将生活提高到麻木无情这个水平线之上，因为它既是无论如何有时总会沉到悲哀的深渊里去。

但是固然因为怕丢失幸福而不去求幸福是很不合于道理的，可是我们一定要承认，得时的快乐是多大，将来失时，我们的悲哀也是成正比例的；所以这是道德家分内的事，去研究我们可以不可以将悲哀很快地减轻消灭下去。有人以为将心中烦闷一扫而空的最靠得住的办法是用强力将它拖到欢乐场中去。有人却觉得这种转移是太猛烈了，倒是主张先把心慰藉到安宁的境地里，用的法子是使它看到别人的更可怕、更可悲的苦痛，将我们那很容易紧紧地盯着自己的乖运的注意力，移到别人的苦难上面去。

这是很可以怀疑的，到底这些药方里有没有一个是够有力量的。快乐这个医法并不是老是容易尝试的，至于耽纵于悲哀，恐怕这是属于那一类药，假使偶然不能医好，是反会致死命的。

做事可说是驱逐悲哀的又安全、又普通的解毒剂。我们常常看见，在兵士同水手里面，虽然他们也是很慈爱的，却只有很少的悲忧；他们看见他们的朋友中弹死了，并没有像在安逸懒惰里的人们那样恣情哀毁，因为他们已经是自顾不暇了；谁能够使自己的思虑同样地忙碌，他对于无法挽回的丧失会同样地无动于衷。

人们常常说时间可以磨掉悲哀，这种效力的速率绝对可以增加，若使事情的递迁能够加快，事务的范围又能扩大，更形出变化多端。

你还得等了许久，时间才能够减轻你的悲哀；
飞到智慧那里去吧，她很快就可以给你安慰。

——鲁逸思

悲哀是心灵上的一种铁锈，每个新念头经过心中时，都可以帮助磨去一些。它是停滞的生活所生的腐朽，只有劳作同活动才是最好的医法。

快乐多半是靠着性质

哥尔德斯密斯 原著

当我回忆到我年轻时候在乡下里所过的无野心的幽隐生涯，我免不了感到些悲哀，想起那种快乐的日子是不可复得了。在那个僻静的地方，一切自然的东西好像都能够产生快乐。那时我对于享乐并不讲究，粗俗游戏的笨拙举动也能使我开心；我那时以为互相猜哑谜是人类诙谐的极度，拿问题同命令来相难是消夜的最合理游戏。那是多么的幸福呵！若使这么美妙的幻觉能够还是继续存在着。我看出老年同智识只是使我们的脾气更见乖戾。我现在的享乐也许是更讲究些，但是它们的可乐程度比从前的乐事是差了万万倍了。加立克[1]所给我的快乐，绝不能同我从前看到一位模仿教友派信徒的说教的乡间滑稽家时所得的快乐相比。马泰[2]的音乐可说是不悦耳的声音，一比到我从前所感到的，当我们的榨取牛奶的老姑娘唱着“约呢·阿姆斯特郎最后的告别”或

[1] 加立克（1716—1779），他是约翰逊的学生，十八世纪里最有名的戏子，他自己又会编剧。

[2] 马泰是十八世纪一个音乐家。

者“巴巴刺·阿伦的残忍”[1]，唱得叫我流下泪来。

每代的作家都曾努力指示给我们看，快乐是在我们的心里，并不是从我们的娱乐品得来的。若是我们的精神是很快乐的，任一东西都变做可乐的事情，世上差不多没有愁苦这个字了。每件事情从我们眼里经过，好像是一个赛会里的人物；有些或者是很难看的，还有些也许是穿得不整齐；但是除开了傻子，没有人会因此同这仪式的总管生气。

我记得曾经在法兰德斯[2]堡垒里遇到一个奴隶，他简直不像感觉到他自己地位，他的四肢被人们残害了，他的躯体变成畸形，还给铁链锁住；他被迫从黎明工作到黄昏，并且是判定了终身是这样干着；可是，虽然有这么多显明的苦痛情况，他却唱着调儿，若不是缺了一个腿，他一定会跳舞。他看起来真是全要塞里最高兴、最快乐的人。这是多么伟大的一个实行哲学家！一个快乐的性质给他的达观的思想，虽然好像是一点智慧也没有，他却是个真有智慧的人。没有什么学识同研究来点破他四周的仙境。每件物事都给他一个发噱的机会；虽然有人从他这样不感到苦痛推想他是个傻子，然而他这种傻子或者是哲学家所想模仿而模仿不来的。

有些人像他这样能够将自己放在某种特别的境界，在那里一切物事都化为可笑的、有趣的，这种人从每一个事件里都能找出怡情悦意的地方。最不幸的事情，自己的或者别人的，不能带来什么新的悲哀；由他们看来，全世界是一座戏院，在那里专演着

[1] 这是英国两首民歌的题目。

[2] 是欧洲从前一块独立区域，现在分属法、比两国。

喜剧。一切豪勇英武的慌忙或者野心勃勃的狂言，不过用来增加剧中的荒谬意味，使里面诙谐更添锋芒。总之，他们对于自己的困难，或者别人的苦情，没有什么伤心，好似代人经理葬事的人，虽然也是穿着黑的衣服，在埋葬时没有什么悲哀。

我在书里所曾碰到的人物里，有名的累兹主教具有最高度的这种欣欢的性情。他既是个倜傥风流的男子，看轻一切挂起道学的酸腐脸孔，所以无论哪里有欢娱出卖，他常是最肯出价的。他是女性的一个普遍赞美者，当他发现一位姑娘太忍心了，他常常就爱上了另一个，他期望从她可以得到一个更好的待遇；若是她也拒绝了他的殷勤，他绝不会想起退隐到沙漠去，或者在绝望的苦痛里憔悴着。他劝自己不要想自己现在是爱着那姑娘，只当做他从前曾爱过那姑娘就是了，这么一来什么事也没有了。当“命运”戴上她最愤怒的脸孔的时候[1]，当他最后落在他最凶恶的敌人——马萨林主教[2]手里，变做严重禁锢的囚犯，关在瓦兰[illegible]尼斯堡的时候，他也绝没有想用智慧或者哲学来支持他的苦痛，因为他并不自命自己有智慧或者哲学。他笑他自己同磨难他的人，好像万分喜欢他这个新环境。在这个苦痛的房屋里，虽然同他的朋友隔绝了，虽然被剥夺了人生的一切娱乐同甚至于衣食住的便利，时时被那班雇来看守他的坏蛋的无礼所戏弄，他仍然保存着他的好脾气，笑他们一切无谓的怨毒，开玩笑到写出他的狱卒的传，来当做报复。

[1] 此处将“命运”拿来人格化，这是十八世纪文人所最喜欢弄的把戏。

[2] 马萨林（1602—1661），他是路易十四朝的宰相，有好几年简直是法国的实际君主。

骄傲的人们的智慧所能教我们的是在不幸事体之下倔犟着或者默默地愠怒着。这个主教的例子却教我们在最苦痛的境遇里欣欢着。我们的好脾气，别人会不会认为是感觉迟钝，或者甚至于白痴，这全是不碍事的；对于我们这总是快乐的，除开了傻子，没有人会用世人的意见来量自己满意的多少。

狄克·魏尔德戈斯是我所知道的一个最快乐的傻家伙。他是属于那类性情温和的人们，据说他们没有害谁，只是害了自己。每回狄克堕到什么悲哀的时候，他总是说这是“见世面”。若使他的头被一个轿夫摔破了，或者他的袋子给扒手光顾了，他就去学轿夫的爱尔兰土语或者扒手的更时髦的口吻，借此来安慰自己。由狄克看来，天下里的事情是没有错的。他银钱事体的不当心激怒了他的父亲，以致朋友们替他的从中斡旋都是无结果的。老绅士在弥留的时候，全家人——狄克也在内，全围着他四旁。“我给我的第二儿子安德鲁”，临死的守财奴说道，“我的全部财产，希望他知道勤俭。”安德鲁用悲哀的声音，在这种时候就是这样子，“祈祷上天延长老人的寿命同健康，使他自己能够享受这个。”“我将西门，我第三个儿子，托他的哥哥照呼，此外还给他四千金镑。”“唉！父亲，”西门喊道（绝对是很沉痛地）：“愿上天给你寿命同健康，使自己能够享受这个！”最后，转过向可怜的狄克，“至于你，你一向是一个整天嘻嘻哈哈的人，你是永不会变好的，你是永不会发财的，我给一先令做买吊绳用。”“唉！父亲，”狄克喊道，没有露出什么哀情，“愿上天给你寿命同健康，使他自己能够享受这个！”除开说这句话外，财产的失掉对于这位无忧无虑的粗忽家伙简直是没有影响。可是，一位叔父的软心肠补偿了父亲的冷淡；狄克因此不单是脾气极好，并且也都还富有。

总之，世界尽可以讥诮一个出现在跳舞场里的破产者，一个把说他是个蠢货的公众付之一笑的文学家，一个对着庸俗的责难微笑的将军或者一个不管人们怎样造谣、始终保持着她的好脾气的太太；但是这些是他们所能做到的聪明办法，用消散来抵制灾难绝对是比拿着理性或者决心的武器来抵制灾难高明得多了：用第一个法子我们忘记了我们的苦楚，用下一个法子我们只是将苦楚隐藏起来，使别人看不见；并且同不幸去奋斗，我们在冲突时一定会受些创伤。竞争得胜的唯一好法却是逃走。

她最后的一块银币

约翰·布朗 原著

我曾经有过朋友——虽然现在谁也厌弃我了；
我曾经有过父母——他们现在都在天堂。
我曾经有过家庭——
苦痛、罪恶同冻饿磨坏了她的精力，
流浪者往下堕落，死神抓住她的知觉。
陌生人在早上看她躺在那里——
上帝已经释放她了。

——骚塞[1]

休·密勒[2]，地质学家，新闻记者，又是一个具有天才的人，在他的报馆里坐到更深。一个凄凉的冬夜里。书记们已经全

[1] Rober Southey（1771—1848），英国诗人及历史家，他的不朽名著是《纳尔逊传》。

[2] 休·密勒（1802—1856），他年轻时候是一个矿工，后来投身到新闻界去，靠着他刻苦的自修，最终成为大地质学家。

离馆了，他也正打算回去，门外有匆忙的敲门声音。他说“进来”，向着门口望，看见一个衣服褴褛的小孩，遍体给雨雪淋住。“你是休·密勒吗？”“是。”“玛丽·达夫要你。”“她要什么？”“她快死了。”对于这个名字的一些模糊的记忆使他立刻出发，穿着他那套有名的格子纹呢衣，拿着他那条有名的手杖，他很快地就跟着小孩子跨着大步往前走，那小孩子急急地穿过那时已绝人迹的亥街，走向卡侬盖提去。当他走到老戏院小巷的时候，休唤起他心中关于玛丽·达夫的记忆：一个活泼的女孩，在克洛麦替地方和他一起长大。前次他遇到她时是在一位互助团[1]同志的结婚场中，在那里玛丽是“新娘伴”，他是“新郎伴”。他好像还看到她的晴朗、年轻、无忧无虑的脸孔，她的洁净短衫，同她的深色眼睛；他好像还听着她的嘲笑、快乐的声音。

这个穿着百结衣的小姑娘跑下这条小巷，走上一个朝街的楼梯，休很困难地紧跟着她走；在弄堂里她伸出她的手，牵着他；他用大手掌拿着，觉得她缺个大拇指。在黑暗里她找她的路，像一个猫样子，最后开一个门，说道：“那个就是她！”一溜烟就不见了。借着将熄的火光，他看见在一个广大空虚的房间的基角上。躺有一个像女人衣服的东西，走近的时候才知道有一个枯瘦无血色的脸孔，同两个深色的眼睛极注意地，但是绝望地望着他。这对眼睛分明是玛丽·达夫的，虽然他认不出她的别点相貌。她静静地哭着，不转睛地盯着他。“你是玛丽·达夫吗？”“我现在变成这样子了，休。”她接着鼓起劲要向他说话，分明是很要紧

[1] 互助团，是一种秘密团体，创自中古时代，以互助为目的，团员简称做Mason。苏格兰的大本营是在一七三六年设立的。

的话，但是她说不出来；他看她是病得很厉害，这样勉强只是使她自己更痛苦，他就将一块值得二先令六便士的银币放在她发烧的手里，说明早他会再来看她。他从邻近的人们口中探不出她的近况：他们不是无礼地不答，就是已经睡觉了。

当他第二早又到那里的时候，小姑娘在楼梯顶遇着他，说道："她已经死了。"他走进去，看出这句话是真的：她躺在那里，火也灭了，她的脸貌是安详恬静的，恢复到她年轻时的状态。休想他现在绝对认得出她，虽然她那对明媚的眼睛是像现在这样子闭着，永久地闭着。

找出一个邻居，他说他愿意替玛丽·达夫安葬，他同巷里一个经理葬事人商量好埋葬的手续。关于这个可怜的流浪者的身世，大家好像知道得很少，只晓得她是个"轻薄的"或者——所罗门一定要说——"奇怪的"女人。"她喝酒吗？""有时。"

埋葬那天，巷里有一两个居民随着他到卡侬盖提礼拜堂坟地去。他看见一个容貌端庄、躯体短小的老妇人注视他们，远远地跟着走，虽然那天又下雨，又是酷冷。墓填满了，他也脱了他的帽子，当人们把土放上，用手打好的时候，他看这位老妇人还滞在那里；她走前，行个屈膝礼，说道："你想知道这个姑娘的事情吗？""是的。她年轻时，我也认得她。"那妇人不禁泪流满面，对休说她自己"在巷口开一间小店，玛丽常来买东西，总是准期还钱，我就怕她是死了，因为她欠我两先令六便士已经有一个月了"。然后用严肃的脸色同声音，她告诉他在他被叫去那一夜，他一离开，她在房里就被一个人叫醒；借着她那熊熊的火光——因为她是一个过安乐小康日子的女人——她瞧到这个憔悴快死的女人走前说道："这是一块二先令六便士的银钱吗？""是的。""我放在这里。"将钱放在枕垫底下，她就不见了！

可怜的玛丽·达夫！她的生活一向是悲哀的，自从那天在他们朋友的婚礼场中她同休并肩站着以后。她父亲死后没有多久，她母亲占有了她所倾心的男人的爱情。这个大打击使家庭变做不能居住的地方。她从家庭里跑出，带着失望同悲酸，经过了耻辱困苦的生涯，爬到她房间的角上，孤单单地死了。

耶和华说，"我的意念，非同你们的意念，我的道路，非同你们的道路。天怎样高过地。照样我的道路，高过你们的道路，我的意念，高过你们的意念。"[1]

[1] 见《圣经·以赛亚书》第五十五章。

一个旅伴

加德纳 原著

我不知道我们是哪个先到车里。真的，有好久时候，我还简直不晓得他是在车里。那是由伦敦到密特兰里一个小镇的最后一趟火车——一种沿途停歇的火车，一种无限量的从容不迫的火车，这类火车使你了解什么叫做永劫不火。当它出发时候，乘客也都挤满，但是我们在外郊各站都有停车，旅客就单独地或者两人做伴地接连着下去；当我们离开伦敦的远郊的时候，车上只剩我一个人了——或者要说，我想车上只剩我一个人了。

独坐在一辆轰轰地颠簸着穿过黑夜的车子，会感到悦意的自由。那是一种很可喜的自由同无拘束。你爱做什么，就可以做什么。你可以随意大声地对自己说话，谁也不会听到你。你可以同琼斯辩论那个题目，意气扬扬地将他驳倒，用不着怕他会还嘴。你可以倒栽地站着，谁也不会瞧见你。你可以唱歌，或者跳二拍子的圆式跳舞，或者练习打勺球（高尔夫球）的一种手势，或者在地板上玩石球，谁也不来干涉你。你可以打开窗子，或者关起，绝不至引起反对。你尽可以将两扇窗子全打开，或者全关起。你可以坐在你所中意的角上，可以将所有的座位一一依次试过。你可以手足伸直躺在垫褥上面，享受破坏“地方保护法”的条例，或者碎了她自己的心的快乐。不过“地方保护法”不知道她自己的心是破碎了。你甚至于能够躲避了“地方保护法”的注意。

那个晚上，我并没有做些这类的事情。这类想头刚好没有到我心上来。我所做的是更普通得多的事情。当我最后的一个旅伴下去之后，我放下我的报纸，伸一伸我的手臂同我的双脚，站起，从窗口望着恬静的夏夜，我的车子正从那里穿过，看到尚逗留在北天的淡淡的白昼余意；走过车子的那头，从别个窗口里望出；点一根香烟，坐下来开始读书。到那时候，我才觉到我的旅伴。他走来，坐在我的鼻子上……他是属于那种有翅的，会咬人的，勇敢的虫子，我们模模糊糊地所叫做蚊子是也。我轻轻地把他弹开我的鼻子，他在房里旅行一周，观察他的四周，拜望每个窗口，绕着灯光飞翔，决定没有一件东西有基角上那个庞大的动物那么有趣，又来看一看我的颈项。

我又轻轻地把他弹开。他盈盈跳起，又环着房子逍遥一次，飞回，大胆地自己坐在我的手背上面。这很够了，我说；大量也有相当的限度。你两回得到警告，我是位特殊的人物，以及我尊严的身体不甘于受生人们这种搔撩的无礼；我戴上了黑帽子[1]。我判下你的死罪。这是公理所需要，而法庭所断下的。你的罪状很多。你是个流氓；你是个为害于公众的妨碍；你旅行没有买票；你没有吃肉的准单[2]。为着这些同许多其他的不法行为，你现在将受死刑。我用右手

[1] 英国法官判决死刑的时候，就戴起黑帽子来，所以“戴黑帽子”就是宣告死刑的意思。

[2] 欧战时粮食缺乏，每人每星期吃肉的量是限制的，由官厅发出肉券，每人按券买肉，无券就不能吃肉了。

发一个迅速的、致命的打击。他避着我的进攻，那种骄傲的一点儿也不费力的神气使我难堪。我私下自负的心情也被激起了。我用我的手，用我的纸来向他冲锋；我跳到座位上面，绕着灯儿赶他；我采取猫儿的诡计，等到他停着不飞时候，用可怕的潜行走近，忽然地、骇人地飞手打下。

这也是徒然的。他是公开地分明地跟我开玩笑，像个精练的斗牛者缠着发怒的牡牛来弄手段一样。他明明是在那里寻开心，他就为着这缘故才来扰乱我的休憩。他想找些游戏，那种游戏比得上被这个庞大笨拙像风车的动物这样赶着，他身上的肉又是那么可口，他又是这么不中用，这么傻瓜样子？我渐渐钻到这家伙的心里去。他已经不只是一个虫子了。他化成一个有性格的东西，一个有理性的动物，居着同等的地位，来跟我争这间房子的占有权。我觉得我的心向他动起好感，我自高的感觉也渐渐消灭。我怎样能够觉得比他高明，他在我们所曾交手过的唯一竞争里既是这么显明地胜过了我？为什么我不再慷慨起来？慷慨同慈悲是人类最高贵的德性。使用起这类高尚的品性，我能够恢复我的威势。现在我是个可笑的角色，激起狂笑同嘲弄的东西。当我现出慈悲的样子，我能够重新拿出人类道德的威严，荣耀地回到我的角上去。我取消了死刑的判决，我说时就回到自己的位子。我不能够杀你，但是我能够暂缓你受刑的时期。我就这样干去。

我拿起我的报纸，他飞来，就坐在上面。傻东西，我说，你自己投到我手里了。我只须将这个可尊敬的每星期出版的言论机关两面合着一打，你就是一具死尸了，清清楚楚地像面包中间的火腿一样，夹在一篇关于“和平的圈套”同另一篇关于“许斯[1]先生的谦逊”里面。但是我不这样子干。我既宽展了你受刑的日期，我决定要使你相信，当这个庞大动物说一句话的时候，他是打算践言的。并且，我也不想杀你了。因为知道你更透彻些，我渐渐觉得——我要讲出吗？——有些爱你了。我猜圣·佛兰西斯[2]一定会叫你做“小弟弟”。在基督教徒的慈爱同礼貌方面，我不能做到他这种地方，但是我也承认一种较疏远些的关系。命运使我们在这夏夜里成为旅伴。我鼓起你的兴味，你也使我快乐。大家彼此互相感德，这全由于一个根本事实，我们同是会死的东西。生命这个奇迹是我们所共有的，生命的神秘也是大家有份儿的。我猜你全不晓得你的旅程。我不敢说，我对于我的旅程知道了多少。我们真是，若使你去想一想，很相像的——都是现在活着，后来消灭了的浮生幻影，从夜里出来，飞到点着亮的车子，绕着灯飘游一会儿，又回到外面的夜里去了。或者……

“今晚还往前走吗，先生？”窗口有一个声音说着。那是一个好意的脚夫给我一个暗示，这是我下车的站了。我谢谢他，说我刚才一定是睡着了。抓着我的帽子同手杖，我走到外面清凉的夏夜里。当我关着我那段车子的门的时候，我看见我的旅伴绕着灯儿飘游……

[1] 美国前国务卿。

[2] 圣·佛兰西斯（1182—1226），他是非常慈爱的天主教徒，据说能够向鸟儿说教。

追赶自己的帽子

切斯特顿 原著

我感觉一种差不多是野蛮人的妒忌，一听到伦敦在我离开的时候被水淹了，而我却只住在乡下里。我自己的巴特西，我听说，特别是蒙恩，变做众水的汇集处。巴特西本来已是——这几乎是用不着我说的，最美丽的居住所在。现在又加上几片大水的伟观，我自己这个浪漫的小镇的风景（或者要说水景）必定有些无可比拟的好处。巴特西绝对化做威尼斯的影子了。从屠户那里送肉来的小船一定是沿着涟漪银色的水港飞驶，带着威尼斯小艇奇妙的流利神情。运生菜到拉取米耳路角的水果一定是倚着桨，现出小艇夫不沾尘土的从容姿态。没有东西会像小岛那样含有十足的诗情，当一个地方被淹着时候，它是变成一群群岛了。

有人以为对于大水或者火灾这种浪漫的见解是有点缺乏实在。但是对于这类麻烦的事体，这种浪漫的见解真是和别的同样的可以实行，一点差别也没有。在这些事情里看出开心机会的真正的乐观主义者，是同在这些事情里看出说怨言的机会的一般“愤怒的纳税者”一样样地有道理，实在还比他懂事得多。真真的苦痛，像在斯密斯飞德[1]活活地烧死，或者患了齿痛这类的事，是一件实在的东西；能够挨着，却几乎不能拿来做开心的材料。但是，究竟我们的齿痛是例外的事，至于在斯密斯飞德活活地烧死，那是隔了很久很久的时期我们才会碰到。而通常使男人咒骂、女人号啕的麻烦事体多半真是神经过敏，或者幻想所生的麻烦事体——全是心理的作用。比如，我们常听成年的人们诉苦要在火车站滞了许久，等着一辆火车。你可曾听过小孩子诉苦要在火车站滞了许久，等着一辆火车吗？未曾，因为由他看来，在火车站里面是等于在一所怪窟，或者一座带着诗意的快乐的宫殿里面；因为由他看来，信号牌上的红灯同绿灯是像一个新太阳同一个新月亮；因为由他看来，当信号的木臂忽然下落的时候，好像一位大王掷下他的宝杖[2]，算个信号，开始了喊声嘈杂的火车竞技。我自己在这方面是带有小孩子的习气。那班站着，只等那两点十五分的快车的人们也可以采取这类见解。他们的默想可以充满有丰饶膏腴的东西。我生平最艳丽的时间许多是从克拉判的换车车站里得到的，我想那地方现在也是没在水里了。我在那里曾经有过许多不同的心境，个个都是那么凝神的，那么神秘的。真的，水尽可以浸到我的腰旁，我还不会明白地晓得。但是关于这类的烦扰，像我上面所说的，一切全靠着我们的情调。你可以安稳地将这个标准用到差不多一切普通所谓日常生活特有的麻烦事情上面。

比如，人们常觉得追赶自己的帽子是不快乐的事情。为什么对于规规矩矩的虔敬心灵，这是不乐的事情呢？并不单是因为跑

[1] 从前烧异教徒的地方。

[2] 中古时代比武时是以皇帝的宝杖放下做开始的号令。

路同跑路使人疲累。同一的人们在斗技游戏时还跑得更快得多；同一的人们追赶一个无聊的小皮球比他们追赶一顶乖乖的丝帽子还带劲得多。大家以为追赶自己的帽子是丢脸的事；当人们说一件事是丢脸的，他们的意思是那是可笑的。那的确是可笑的，但是人本来就是非常可笑的动物，他所做的事情大多数是可笑的——吃东西就是一个例子。而一切中最可笑的事却刚是那最值得干的事——比如，求爱。一个人追赶一顶帽子还没有一个人追寻一个妻子的可笑的一半。

一个人，若使他的见解不错，能够具着最勇敢的热情同最神圣的快乐去追赶他的帽子。他可以自命为追逐野兽的一个高兴猎人，因为实在没有禽兽会比帽子再野顽。真的，我倒有些相信刮风日子时畋猎帽子会变做将来上流阶级人们的游戏。在烈风的清晨，将来会有贵妇同绅士们聚集在高地上。他们会听他们说的猎场里跟人在某某林里惊动了一顶帽子，或者其他这类的专门名词。请读者们注意这种玩意儿是游戏同人道主义的结合到了十分圆满的程度。打猎的人们会觉得他们没有使别个受苦，不，他们会觉得他们是使别个受乐，一种趣味浓厚，差不多是恣情的快乐，那是旁观的人们所得到的。当前回我看见一位老绅士在海德公园里追赶他的帽子，我告诉他，像他这么仁慈的心肠应当是充满了安乐同感谢，一想到他每个姿势，每个体态当时给群众多少纯净的快乐。

同样的原理可以应用到家庭所特有的一切其他的麻烦。一位绅士试将一个苍蝇从牛奶里拿出或者将一块软木塞从酒杯里挑出时，常常以为他是受了气。让他想一会儿坐在墨黑的池旁的钓鱼人的耐心，让他的灵魂立刻被满意同静穆照耀着。我又知道几位思想极新的人们，感到麻烦时就用了神道学的字眼，他们却又没有采取教义的意味，只是因为一个屉子紧紧地嵌在桌里，他们却没有法子拔出。我有一个朋友特别患了这个毛病，每天他的屉子总是嵌紧了，因此每天他总哼出几句别的话来。但是我指出给他看这种受枉曲的感觉真是主观的、相对的；这全由于他先假定那屉子能够、应当又是愿意很容易被人抽出。“但是若是，”我说，“你自己假设你是同有力的压迫着你的一个仇敌对拉，那么这奋斗只会变做很兴奋，却不会恼人。试想你正在从大海里拽出一条救生船来，试想你正在从阿尔卑斯山的深罅里用绳子救出一位同类的人，甚至于试想你又是个小孩了，两边人扮做法英两国来干一下拔河。”说了这句话我就离开他了；但是我一些也不怀疑我的话生产出最好的结果。我相信此后每天他紧握着他的屉纽，一副红扑扑的脸膛，眼睛发着战争的光辉，向自己呐喊助威，好像听到他的四围全是喝彩的观客雷一般的声音。

所以我想这并不全是痴想的，或者不可信的，去假定就是伦敦的大水也可以逆来顺受，用着诗的情调来鉴赏。好像除了麻烦之外实在并没有引起什么别的坏处；麻烦，像我们前面所说的，不过是一种看法的结果，并且是对于一个真正浪漫的情境的最枯燥同偶然的看法。一件冒险事情只是个没有认错的麻烦，一件麻烦只是看错了的冒险事情。围绕着伦敦住屋、店铺的大水若是有什么效力，必定只是增加了它们本有的诱惑同奇妙。故事里的罗马天主教徒说过：“酒无论同什么东西在一块儿都是好的，只除开了水。”所以根据着同样的原理，“水无论同什么东西在一块儿都是好的，只除开了酒”。

追蝴蝶

米尔恩 原著

最近一场官司泄露出一则事实：我们国里有一位绅士，一年花一万金镑来收集蝴蝶，这件事在一八九二年、一八九三年时会比今日更使我烦闷。我现在能够冷静地忍受着，但是二十五年以前这消息一定会伤害及我对于自己的收集的自负，为了那个收集我已经花去我一星期三便士的零用钱的大部分了。然而，或者我会安慰自己，以为两人里我是更真实的热心人；因为当我这位仇敌听到巴西有一种罕见的蝴蝶，他就派一个人到巴西去捕拿，可是当我听到园里有一个“暗淡黄”种的蝴蝶，我就留心除开自己外不让谁去图谋杀死它。并且我可说我们的目的是不同的。我本来存心把巴西放在我的收集范围之外。

到底追蝴蝶是有益或者有害于个人的性格，我不能去下个断言。无疑的，追蝴蝶也能够有很充分的理由同猎狐一样。就像狐吃了小鸡，蝴蝶蛹却吃了生菜；就像猎狐能够使马种进步，猎蝴蝶能够使小孩的身体强壮。但是最少，我们总未曾对自己说过蝴蝶喜欢被人们追捕，像（我听说）狐那样爱被人打猎。我们关于这点都还老实的。最后我们安慰自己，相信许多有名的自然科学家所说的话："昆虫不会感觉到苦痛。"

我常常纳罕自然科学家怎么敢这样断然地说着。难道他们晚上绝没有梦着在别个世界里的一种来生，在那里他们被巨大的昆虫追赶着，它们也是热心想增加它们的"自然科学家的收集"——这班昆虫随随便便地互相安慰道"自然科学家不会感觉到苦痛"？也许他们有这样梦过。可是我们，无论如何，是睡得很好的，因为我们从来没有武断过一个蝴蝶的感觉。我们不过是引用聪明人的话。

但是若是对于一个蝴蝶的感觉性有怀疑的余地，那么对于它的特征却是绝无可疑的。由我们看来，这真是奇怪，有这么多成人的同（仿佛是）受过教育的男女不懂得一个蝴蝶的触角尖端有许多圆球，而蛾却没有。这许多年来他们到底是到哪里去会弄得这么无知？好心肠但是走到错路了的姨娘们神秘地答应带一个新种的蝴蝶来增加我们的收集，却从一个信封里取出个普通的"黄翼里"，不懂得（这点还是可恕的）只有亲手的捕获对于我们才是有价值的，但是不可恕地不晓得一个"黄翼里"是一个蛾。我们并不收集蛾；它们的种类太多了。蛾又是晚上出现的动物。一个猎人，他睡觉的时间是随着别人的高兴，是不宜于夜间的狩猎的。但是蝴蝶是当太阳出来的时候出现的，那刚是小孩子该出来的时候。

在英国，蝴蝶的种类也没有太多。我曾经全能够说出它们的名字，随便碰到一个都能认清是属于哪一种的——真的，甚至于晓得"罕普斯忒[1]的阿尔比温眼睛"（或者是叫做"阿尔比温

[1] 罕普斯忒是伦敦郊外的一个地方名字。

的罕普斯忒眼睛”），关于这类蝴蝶在英国只采集有一个标本；当然是罕普斯忒所采集的——也许是阿尔比温采集的。在我们想里，那第二个标本是我所捕获的。但是他是无貌的家伙，也许假使我得到一个“坎柏卫尔的美人”，一个“紫皇帝”，或者一个“燕尾”，我会更喜欢些。不幸得很，“紫皇帝”（书里这样告诉我们）只常在树顶上飞着，这真是太欺侮一个长得不到他的年纪所应有的高度的小孩了；“燕尾”常在诺福克那里出现，这也是同样地不顾到在南方度放假日子的家庭了；“坎柏卫尔的美人”听起来是更有希望的，但是我想煤车使它们灰心，不肯来临了。我怀疑当我在那里的时候，它曾经飞到坎柏卫尔过。

每星期只有三便士，自然是要小心点才行。杀蝶箱同保蝶板是非买不可的，但是扑蝶网可以用家制的。一条竿子，一串铜丝同一块洋纱，所需要就是这么多了。我们喜欢用绿色洋纱，因为我们觉得这大约总可以瞒得过蝴蝶；当它看网子走近的时候，它会想这不过是柏喃森林自己走到丹息能来了[1]，后面这个怪样子的东西不过是那地的一种花丛。因此它还在那里拈花惹草，它一生中最惊愕的时候是当这东西一变变做一个小孩同一个蝴蝶网的时候。那么，洋纱是要用绿色的，可是竿子只须一个通常的藤杖。绝不用你们那种可收缩的鱼竿——“宜于捕‘紫皇帝’用的”。这些东西让大富豪的儿子去买吧。

我现在忽然记起，我今天下午是做二十五年前我所做的事情；我是写一篇文章说怎样去做一个蝴蝶网。因为我生平的第一

[1] 这是莎翁悲剧 *Macbeth* 里的一段故事。

次投稿是关于这个题目。我把稿子送到一种小孩子看的刊物的编辑那儿去，他没有把稿子登出来，这使我很莫名其妙，因为里面每字（那时我很有把握）都是正确地拼着。自然，我现在看出你们对于一篇文章还要求其他的好处。但是在莫名其妙之外，我又是极端地失望，因为我非常需要这稿子所应当有的代价。我要用那钱来买一个做好了的蝴蝶网；所谓竿子，铜丝同绿洋纱是（在我手里，无论如何）更宜于做一篇文章的材料。

秋

罗杰 原著

春是良夜里在恋人窗下所奏的情歌，秋却是残夜里凄迷如梦的哀调。在一年里消沉的时候，世界是充满了惨淡的严肃景象，同老年一样的一种悲哀情调。这个智识我是从念关于这个题目的诗歌得到的。

愁闷的日子来了，一年里最黯淡、愁人的日子，
狂号的风，赤身的树，同干枯的棕色草地的日子。

威廉·卡罗·布赖安特[1]的哀歌就这样子开头。

是的，年头已经变老了，
他的眼睛无光而且败烂。

[1] 威廉·卡罗·布赖安特（1794—1878），美国诗人。

这段是在郎匪罗[1]的诗集里，这位诗人接着把秋同疯狂的老利亚王[2]相比。威至威士说着秋的“萧条”的美，但是由雪莱看来——

年头躺在大地上——她的死床，穿着枯死的叶子织成的一套寿衣。

呼得[3]的值得赞美的小诗结句是：

愁闷的秋住在这儿，
嘘出她满着清泪的蛊惑，
在平原里无日光的阴影之中。

这许多都是再动人不过的。一面读着，一面配上了凄凉的调子，那是风魔在钥匙眼里奏出来的，使我极端地相信这许多话。所以，今天早上当我到乡下去做个长时间漫步的时候，我心里以为完全会看到秋的衰老的悲哀丧象。

但是一开头我就碰到了一个光荣赫赫的惊愕，我的心境由哀伤而变为狂喜。我从阴郁的诗的幻境走到生气充溢的现实，从惆怅的幻想走到有力的畅饮高歌，忧郁的诗人们的一切预言像秋叶

[1] Henry W. Longfellow（1807—1882），美国歌咏自然的大诗人。

[2] 莎翁悲剧*King Lear*里面的主要人物，他给他的女儿骗了，把王位传给她们，受到她们的坏待遇，最后气疯了。

[3] Thomas Hood（1799—1845），英国诗人，他最善于作滑稽诗。

一样地四散凋零了。谁能够看着秋色的照耀，而说它们是严肃呢？谁能深深地吸进一口秋风，而说他是老迈呢？

秋是年轻，快乐，顽皮——夏的欣欢的儿子——到处都呈出青春同恶作剧的现象。春是个小心翼翼的艺术家，他微妙技巧地画出一朵朵的花；秋却是绝不经心地将许多整罐的颜料拿来飞涂乱抹。本来是留着给蔷薇同郁金香的深红同朱红颜色却泼在莓类上面，弄得每丛灌木都像着了火一样，爬藤所盖住的老屋红得似夕阳。

紫罗兰的颜色是奇异地涂在放荡的簇叶之上；水仙同番红花的色料全倾倒在白柠檬同栗木上。我们的眼睛看饱了颜色的盛宴——青莲色，红紫色，朱砂色，深黄色，赤褐色，银色，紫铜色，古铜色同暗滞的黄铜色。叶子是蘸上了、浸透了如火的颜色，这位爱捣乱的“艺术家”不等到把每滴的颜料全用完时，是不肯住手的。然而雪莱瞧着这群扮哑剧的森林，却说道：

在这么多华丽同辉煌陈列之中，年头躺在她的死床上，这些是她的寿衣！

为什么诗人们会觉得秋是带着老气呢？他在大地上喧跳着，追赶那班同小猫一样轻捷的狂风，使他奔窜过波平如镜的小池，将水面吹皱，一直等到水草发出嗞嗞声，将他逐去。他沉溺在嘈杂的乐事里面，捣乱的样子像个放假第一天的学童。他发下滴滴答答的一阵雨，看有什么结果没有；他就把一些菌染得血红了；他又放出整个钟头的夏天太阳来，跟着有一场的狂风暴雨。他磨